生而为人

To Live

毕啸南 著

湖南文艺出版社 HUNAN LITERATURE AND ART PUBLISHING HOUSE　博集天卷 CS-BOOKY

他们不相信，

一个草草而生的人，

就该潦草地活着。

上天曾赐予过我们一些美好的东西，

然后再将它们一点儿一点儿地拿走。

伴随着一些人的离开，

我们生命的一部分也死去了。

幼时，我的母亲曾养了一对笼中鸟，它们结伴吟唱，虽是囚徒，苟且偷生，倒也偶得畅快。不料一日风雨大作，雄鸟淋了雨，病死了。雌鸟夜夜悲啼，不肯进食，不几日，也随雄鸟去了。我那时尚幼，不懂情深，只是朦胧间觉得应把它们葬在一起，又想着，要有一天，我能同我的伴儿同生同死，那真是这辈子最大的造化了。可惜天意弄人，他去了，我却没去成。

他们就如同这几棵樱树，

一直就这么默默无闻地生活着，

一次次被动地承接着岁月的风雨，

只有承受，毫无选择。

爱情真是老天爷最仁慈的创造，

生如蝼蚁的人，

也能在这幻象里活成一颗太阳。

我们饱含着生命的沧桑与情感

去接受命运的审判

在这尘土满面的人世间

自序

二〇二二年春，因疫情之故，我被困于故乡数月。我的家乡在胶东半岛昆嵛山山脚，山中生活清淡，村庄里的人五更即起，夜落而眠，这些寂静的日子，我却充满不适、孤独与焦虑：人生苦短，这样无意义的时光，将夺去我多少生活？

闲来，我只能一个人从山里走到山脚，又从山底返回山上，一个人来来回回。忽地一天，我在踱步下山之时，看见了一个皮肤黝黑、鬓角花白、光光的头顶上全是一层层褶子的男人，他倚靠在一株柳树下小憩，那时柳叶刚起了嫩芽，垂下青黄的丝绦，抚摸着他满布沧桑的脸庞，三只灰绿色的麻袋斜靠在他身边，麻袋个个敞着口子，露出堆满的废旧塑料瓶——这是一个拾荒的老人。我远望过去，好似一幅伦勃朗笔下的风景画，脚步不自觉地走向他。他见了我，只是自在地把眼睛眯起来，微微露出一条罅隙，仿若我们相识已久——这便是乡土里的人情。

我坐到他身边，和他聊了一下午，聊到星起，聊到日落。他的叙述大多平淡无奇，他的故事用几十句话便能讲完，他的一生，如大多数人的一生那样，到头来只用十几分钟便可回述。我不甘于此，追问他更多的故事，在一段漫长的沉默后，他拿出一根卷烟，深深地吸了两口，说，今年过年，我们村子倒是发生过一件十年不遇的大事：除夕当夜，村子里有人杀人了。

杀人的人叫祝长生，年已八十有二，被杀的人叫瑛姑，是他老伴儿，也八十一岁了。祝长生不但把瑛姑杀了，还将她连夜肢解了，他把她埋在了院里几株樱树之下，又把一些内脏装入了两个黑色塑料袋里，送去了村子里一户人家的门前……

我头皮多了起来，一连串的疑惑汹涌而出：八十二岁的老人还有这样的力气吗？他为什么要把肢解后的身体分埋在那几棵樱树下？又为何要把内脏送去那户村民家？我清晰地意识到这是一个藏着隐秘悲伤的故事，接下来的数日，我开始走访、写作，写下了《浮生如树》这篇文章：一个巨大的乃至荒诞的悲剧之后，最打动我的，却是这两个被命运抛弃的人——内心本能的高贵与情深。

老天似乎给了我一道光。紧接着，我的母亲向我讲述了"小香港"——曾在这座小镇引发过三次风暴的性少数者的一桩痴情往事，地头儿割麦子的阿婆给我讲了"美人迟暮"——一份"一父卖六女"的、"现代潘金莲式"的女性悲情……我的笔尖犹如春水，涓涓而流，一发不可收，山间与村庄里的日子骤然间变得广袤而丰沛，《生而为人》这部短篇小说集，由此而生。

这些人、事的曲折大都是真实的。但或因岁月久远，或因故人已逝，许多往事，我只能取其头尾，抑或骨头，其余血肉经络，只能本着对生灵纯良的悲悯，对他人痛苦的关注，在命运的牵引下向他们缓缓靠近。文学常常很难为这个世界提供一个确切的答案和解释，但它却能忠实地记录并表达生命的轨迹与感受：他们来过、爱过、活过。

人年轻时，眼睛总是长在头顶上的。青春见惯了往上看的生机，却看不到底下的泥泞，但泥泞里也是有生机的。直至经历了一定的岁月，我才醒悟，绝大多数人的生机，都是在泥泞里挣扎出来的。

《生而为人》写的便是胶东半岛这片土地上，那些身在泥泞里的人的命运沉浮与百年往事。他们中的大多数，是在社会现代化的历史进程中，没有跟得上时代步伐、没有登得上前行的巨轮，甚至是被这巨轮无情地抛入大海里的人，可他们不是命运的沉默者，也绝不肯做苦难的帮凶，他们在泥泞里奋力喘息。

他们不相信，一个草草而生的人，就该潦草地活着。

陀思妥耶夫斯基曾说："我只害怕一件事：我怕我配不上自己所受的痛苦。"从这个视角上来说，《生而为人》里的所有人，都配得上痛苦的意义。他们或许没有足够的认知去辨认命运为何物，却在作为一个男人、女人、父亲、母亲、儿子、女儿、恋人……在作为任何一种"人"的角色陷入困境时，都尽了最大的努力，诠释活着的价值。

"人"啊，多么神奇的创造！

对很多人来说，"活着"是大过一切的，云再高，也在月亮底下，生老病死、成住坏空，这一切都不如活下去来得重要；可还有一些人，他们眼里总有一些大过生命的东西，比如情感，比如抗争，比如信念。他们构成了中国人一种高贵的精神、民族的底色、生生不息的力量——生而为人，是为了活着，又不只是为了活着。

他们总是这样，把悲伤装进心里，把希望穿在脚上。

他们饱含着生命的沧桑与情感，去接受命运的审判。

在这尘土满面的人世间。

二〇二二年 立冬 威海卫

目 录

毕啸南的小说让我联想到九十年前萧红的《生死场》。他笔下的人物都是生活在社会底层的草根百姓，在芸芸众生日复一日平淡无奇的时光里，我们可以聆听、感受和体验到平凡中的传奇，平静中的爆发，平实中的力量！在浓烈的生活质感中，扑面而来，令人震撼的是那些被人忽略、淡忘甚至歧视的小人物，有着一样的对于真善美的追求，对于生命尊严的渴望。现实的切入，历史的纵深，生命的观照，风情的凸显，读来行云流水，回味隽永。

——北京电影学院副校长　胡智锋

Floating
Like
a
Tree

浮
生
如
树

———

万里悲秋
常作客

百年多病
独登台

·

《登高》
杜甫

他幻想自己上辈子应该也是一棵树，

一棵被悲苦欺压了一生的树，

打碎了牙齿也只会往肚子里吞咽的树，

任捶任打却不知该如何向命运反抗的树。

壹 浮生如树

I

海边山城的春意总是比内地要晚来一些。

四月三日，一直静悄悄的柳芽一夜间全都吐出了新绿。

四月五日，一睁开眼睛，窗外樱花如云似锦。

七日晨，杏花冲天而放。

瑛姑日日入睡前都要趴在窗前看一会儿满院的植物——满院的花树与果树。譬如四月四日晚，太阳落山了，满树的樱桃花苞都憋不住了，使着吃奶的劲儿往外冒，可造物主自有主意，任凭你如何渴望，如何期待，时候不到，这枝枝繁盛的樱桃树，愣是一朵花也开不出来。可翌日清晨，太阳才刚刚露了个脸，瑛姑迷迷糊糊地半睁着眼，就看到一层层浓烟厚雪似的樱花已开遍了枝头，染白了旷野，堆出了远山。

人类的想象力在自然界面前何其渺小。樱花携着命运的旨意一夜袭来，村子里头脑正常的人都想不明白，为何只隔着一夜，樱花竟就如此整齐统一地绽放了？这样神秘的追问，脑子有问题的瑛姑就更琢磨不通了。正常人也不会多想，他们自甘臣服于老天怜悯而甜美的馈赠，这密如繁星的樱花，预示着一个丰收季节的到来。

这一带的人都种樱树，这种樱树的花，不似邻国日本那些花色繁复的观赏樱，它们只有一层淡白的、孱弱的、瘦小的五片花瓣，二三十根顶着金黄花蜜的细蕊藏于其中，平添了几分素雅与恬淡。它们总是五六朵挤在一处盛开着，不至于太过清冷，但一枝树丫上七八簇连在一起，又格外繁盛了。它们的花期甚短，也就十几天，一场春雨过后，便只能在树下的水洼里见到片片落樱的影子，树枝上，青油油的樱桃小果儿早已冒出了头。

到了五月的第二个周，瑛姑家的小樱桃就先红了。她家的樱树占了好地界儿，在昆嵛山南侧的余脉里，阳光雨露尽得恩惠。

天刚刚有了点儿亮色，瑛姑就迫不及待地起身穿好衣服，她推着小推车，里面有两筐子小樱桃，一颗颗只有小拇指肚那么大，水盈盈亮晶晶地在朝阳下闪着光泽，红玛瑙似的。她越看它们越觉得可爱，恨不得一个个都搂在怀里。祝长生嘴里还扒拉着米饭，眼神却追随着瑛姑："你别急，等老周婆来了你们再一起走。"

瑛姑胖胖的脸蛋儿上多了一抹娇羞和焦急，她抻长了脖子看着院外，心想老周婆怎么还没有来。

不一会儿，院门口便起了喊声："瑛姑，走了瑛姑！咱们早点儿去占个好地方。"

瑛姑推着小推车，祝长生随在瑛姑身后，只送她到了门口，他向门外的妇人道："老周婆，俺且得收拾一会儿，瑛姑今天就得麻烦你了。"

老周婆眯着单薄的眼皮，干瘪瘪的嘴巴略略抬起了笑："你放心吧，得亏有瑛姑跟俺做伴儿。"

老周婆比瑛姑年长不了几岁，都是年过六十的人了，她枯枯燥燥的头发已全花白，黝黑清瘦的脸皮包着骨头，没有一丝赘肉。相比之下，瑛姑却仍是通红饱满的脸颊，宛若待放的樱苞。

祝长生站在院门口目送这一双老妇的背影，直至她们拐了弯儿，他才转过身来往院子里走。他不小心碰到了一枝斜茎，几颗小樱桃就窸窸窣窣地全掉在地上了，祝长生心里不免感慨：这樱桃和他们的命一样，轻微的触碰就会有一道道折痕。

2

瑛姑推着簸箕车，跟在老周婆身后，嘴里哼着歌。老周婆一边推着小车，一边仔细听着，却一句完整的歌词也听不出来。她转过头去，清柔柔地问："瑛姑，你哼的什么曲儿呀？"瑛姑就只是憨憨地笑，老周婆便明白了，她自己也不知道！

瑛姑笑起来总要扬着脸，大大的嘴巴咧在圆圆的脸上，像只喜庆的丸子。别人笑得尽兴时，也最多只是动着眉眼，瑛姑的笑却得仰起脖颈，牵着耳垂，颤悠着发梢，全身都动起来。祝长生那年见到瑛姑的第一眼，就被她这天真的笑脸吸引住了，那时他久久沉溺在自己的伤痛中难以自拔，哪里见过这么治愈人心的笑。祝长生问她："你怎么那么喜欢仰着脸笑？"

瑛姑笑："我喜欢晒太阳！"

瑛姑喜欢晒太阳，而且最喜欢在热热闹闹的人群中晒太阳。这人间这么多颜色，她独爱这一份天真无邪的阳光。

老周婆带着瑛姑在集市口的第六个摊位停下了，她选了一个好位置。这是附近几个乡镇的大集，每周二、周五开集，来赶集的人熙熙攘攘，一上午都不缺热闹。

这是一条回旋街，由西入东，几公里的纵深，布满了来摆摊儿的商户：卖鸡鸭鹅蛋的、卖蔬菜瓜果的、卖化肥种子的、卖布料家电的、卖扫帚拖把的、卖烧肉海鲜的……但凡是地上走的、海里跑的、家里缺的，这里都能找得到一二。来赶集的人们，由西头的入口开始逛，一路向东，到了最东头，是一处河滩，人们再转回来，从西口离去。有些人赶时间，直奔着某样物件买完就走；但大多数人，从西头逛到东头，又从东头逛回西头，手里却一样儿东西也不买，只瞎逛得起劲儿。商贩子们眼贼精，能瞧出哪些人多少是好脸面的，哪些人手里是有两个余钱的，于是认识不认识的，他们都会远远地调侃一句："哟，老哥儿，哟，大嫂，空着手回去呢？这大日头的，逛了老半天，一个子儿也不舍得花，来溜达腿呢？"

就有人受不住了。小媳妇儿嗔怒着："胡诌烂了你的嘴，你们倒是有一样儿好的我能买？"老娘儿们就回膘他们："满家子的歪瓜裂枣，还有脸站在那儿吆五喝六？"

只要有人回应，甭管人家骂的是东西还是人，一秒前还吆喝打趣的贩子们马上就全堆满了奉承的脸："那您过来看看，我家全是最新鲜的，不新鲜不要钱！""我家东西满集最贱，我跟你投眼缘，你尽管挑，零头我全给你抹去！"

这一来一往的，买卖就成了。来得早的商贩们纷纷抢着靠近西口的摊位，这里的生意最能赚钱。

老周婆需要这样的热闹，她的儿子前些年溺水死了，只有躲进喧杂的烟尘里，她才能感受得到活着的滋味。瑛姑也喜欢热闹，热闹能替她打发走被人忽视和冷落的孤独，以及那些她总是搞不清楚也道不明白的烦恼。她们早早地来，老周婆挑了一个入口处有树荫的档口，她们一个卖草莓，一个卖樱桃，两样都娇贵得很。两个六十多岁的女人铺好了塑料纸，摆好了果子，坐在小马扎上，总算是可以喘一口气了。这时，两个男人站到她们面前，他们一个四十多岁的样子，光头，裸着上身，脖子上挂一条金链子；另一个也就二十出头，染着黄色的刘海挂在脸上，看不清五官的具体模样："嘿，老人家，你们占了我们的地儿啦！"光头笑得倒是可亲。

瑛姑看看老周婆，老周婆看看瑛姑，瑛姑刚想说什么，老周婆就摸了摸她的头："走吧，我们到别处去。"

瑛姑就仰着脸冲那两个男人笑，笑得这两人都有点儿蒙。

两个女人起身推着各自的簸箕车往里走，隔壁卖葱头的大姐看着她们远去的背影，嘴里叹息着："刚子，你这不是欺负人吗？咱们的规矩是谁先来谁先占位子，她们一个没了儿子，一个是个傻子，你昧着良心欺负她们干什么？"

那个叫刚子的光头被臊得脸通红，他眉眼间的横肉张牙舞爪，却只是小声地撑了一句："操，你心善，你咋不把位置让给她？"

约莫到了中午十二点，东边滚来一团团乌压压的云，集市的人群已渐渐散去了，卖锅碗瓢盆、农具布料的，都起身准备撤摊了。老周婆抬眼瞧了瞧东边的云，又瞧了瞧瑛姑和自己筐子里大半筐的樱桃和草莓，嘴里嘟囔着："雨应该还得过一阵才来。"她们没能再找到好位置，摊位摆在了集市的最尾端，来赶集的人总是在和她们讨价还价一番后，捏上她们几个果子说尝尝味道，便转眼消失不见了。老周婆期盼着临近散场，多少能再卖些。

云逼得越来越近，有人念叨着："还是走吧，这雨怕是不小。"话音未落，豆大的雨点子就噼里啪啦地砸了下来，不过分秒之间，雨势由点成线，又连线成面，整个集市乱作一团：女人们的叫嚷声、孩童们的哭闹声、大地上的踩踏声，声声不息，不绝于耳。老周婆慌了，她先是用一大块油纸盖住了筐子，但一会儿那薄脆的油纸便被风雨撕扯到了空中，又摔在地上成了泥泞。那是她死去的儿子活着的时候种下的一亩草莓，一颗一颗，老周婆亲手摘下它们——放到筐子里的，都是她活着的念想。

这时草莓筐子上却被人遮挡上了一层豆红色的布料，老周婆转过脸，是瑛姑。春夏之交，瑛姑穿着一件豆红色的风衣外套，那是祝长生给她买的六十岁生辰礼物。瑛姑把风衣脱下来，盖在老周婆的草莓上，大雨把她全身浸透了，她里面只穿了一件白色的薄衫，两只寿桃似的奶，在雨水里摇摇晃晃。她的樱桃早已洒落满地，一颗颗，似朱红的珍珠滚落在昏黄的大海。一些已收拾好物件，准备离开的乡亲见了这情形，不知是谁先带了头，一个人，两个人……慢慢地，许多人冒着瓢泼大雨，弯下腰，把头低到黄土里，帮瑛姑捡拾起那被风雨打落的一粒粒小小的樱桃。

祝长生赶来时，见着了这一幕，这个被生活反复捶打过的汉子，这一刻仍忍不住眼眶皱红。

这些卑微的人呀，自己过得一地鸡毛，却见不得人间疾苦。

3

人性中的善与恶，时而廉价，时而贵重，对美和丑的辨识常常也只在一念之间。

譬如冯瑛姑，在她二十三岁随父亲来到祝家庄时，人人都装作不经意地路过他们院前，偷偷瞧一瞧这个长着一双春杏儿似的眼、鹅蛋似的脸的粉嫩姑娘。几个胆子大的小伙子，比赛似的央求爹娘找媒人去冯家探个究竟，占个先机。但不过几日，冯家的院门便冷冷清清，无人再踏足一步了。

冯瑛姑长得美，可从小却生了一个怪病：说话不能超过三句，再多说一句，哈喇子就会从嘴角无声无息地淌下来，有时是一滴一滴，有时是一条一条，那黏糊糊的口水从她脂玉般的皮肤滚过，人们看了就觉得格外恶心。冯父见女儿年纪大了，想带她换个环境，日子能重新开始，人们就背地里笑话他，一对父女好像都有点儿缺心眼儿，他怎么会这么天真——日子就是日子，在哪儿过日子面对的都是一样的人心。不多久，村子就传开了，新来的漂亮丫头，是个淌口水的傻丫头！

冯瑛姑来到祝家庄时，正是祝长生觉得人生无望的时候。这年刚入初夏，粉白的槐花一串串风铃似的挂在老槐树上，甘甜芬芳，祝长生仰着脖子打槐花，他忽地一头栽倒了下去，脑袋使劲儿地往后仰，脖颈僵直，身子抖得厉害。他两眼翻白，紧紧地咬着自己的牙根，手握成鸡爪的模样，口角全是白沫。长生爹娘发现了，吓得直呼直喊，他们把他送到村里算命的神婆家求救，神婆掐指一算，说长生是被他死去的奶奶附了身。

过了一会儿，神婆手里正拿着个鸡蛋立在一面镜子上念念叨叨，祝长生已经自己醒来了。在他二十四岁那年的夏天，他的癫痫第一次发作了。祝长生是念过几年书的人，他哪里信神婆的鬼话，他也不能接受自己会莫名其妙地得了这样的怪病，便一个人去城里的医院看医生，医生说，他得的是癫痫。又过了数日，他半夜里大发作了，他躺在炕上，身体剧烈地抽搐着，面容扭曲，口吐白沫，甚至咬伤了自己的舌头。等他缓过神来，却并不清楚刚刚发生了什么，只是母亲替他新铺的棉绒毯子上全是黄褐色的污臭——他大便失禁了。祝长生拖着高高大大的身躯、虚弱的头颅和死寂的脸往外走，舀起一瓢瓢井里的冷水往自己身上倒，他预感到，他这一生完了。

他过了一整个绝望的夏天。他的心上人和他是一个村子里的，两个人已经到了谈婚论嫁的地步，姑娘知道他得了这个怪病，哭哭啼啼地来看了他两次，就再也没有来过了。祝长生心里想她，每个夜里都瞪大着眼睛想，每天醒来眼皮还没睁开时就想，可却死活也不肯再去见她。他总是想死，又没有勇气，他也想活，又在每次发作完醒来时质问自己，为什么还要醒过来？终于有一次，他去水库边上坐了一整宿，天都要亮了，青云浮上了边际，他壮着胆子咕咚咕咚喝了两大口农药，"真苦啊"，他这样想着，人就倒下了。找了他一宿的爹娘及时发现了他，他娘把他的头抱在怀里，轻飘飘地说："你要是想死，俺就立马儿跟着你去。"

就这么一天一天的，祝长生隔一段时间就会发作一下。每当发作时，他娘就拿指甲盖抠他的人中，扇他的耳光，拿针扎他的脚底板；他爹总是默默离开，过好一阵，拎回来几条死了的蜈蚣、地龙或蝎子，强迫他吃下。长生吃得嗓子眼儿直往外吐，但他只能憋着气往肚里咽，他知道，这些脏东西，全是他爹低声下气地从赤脚医生那里讨来的。爹娘总是宽慰他："这种病，你打听打听，哪个村子里没有一两个？人家都能活，就咱不能活？好生注意着，死不了人。"祝长生默默听着，心里却巴不得自己能"吧嗒"一下子死了，也好过天天活在这未知的恐惧中。

冯瑛姑搬来祝家庄一年多了，祝长生也渐渐习惯了这种麻木无奈的生活。有一日，一个两家都不相识的媒婆却找上了门来，媒人说："长生啊，就是为着你爹娘，你也该见一见，见了你准喜欢。"

祝长生二十五岁了，在村子里，同龄人的娃都能打酱油了。他心底渴望有个人能陪伴着他，他其实怕极了一个人的漫漫长夜。媒人说他的情况女娃全知道，但是人家不嫌弃。祝长生辗转反侧了一整夜，第二天一早，他穿着一套水洗蓝的立领褂子和笔直的裤子，体体面面地往冯家院子去了。

瑛姑坐在院子里的一树樱花下，她爹见着祝长生，笑笑就算打过了招呼，一个人折进里屋去了。长生也笑笑，他慢慢挪动着一双硬皮布鞋，小心地坐在红瓦砖砌成的花坛的另一侧。他坐下时，悄悄地瞥了瑛姑一眼，真好看！瑛姑不说话，长生也不说话；长生不说话，瑛姑也不说话。太阳焦躁躁的，风时不时地打下两三片樱花的花瓣，一些落在瑛姑乌黑的发梢上，一些落在长生笔挺的衣领上。长生用手拈起脖子里的花瓣，痒痒的，他这样一扭头，就看见瑛姑正嘟着嘴，双手中不知何时堆满了从地上捡拾的落花，她要把它们全都吹到风里去，吹到焦灿灿的阳光里去。

长生回了家，他娘问他："瞧着咋样？"

长生红着脸："挺好。"

长生娘又问："可说了什么话？"

长生红着脸："还没说上话。"

长生娘像踩着了地雷，惊叫了一声："啥叫还没说上话？一句话也没说？一句话都没说咋能说挺好？"

长生还是红着脸："我觉得她好，又不是非得说话。"

"那她淌口水吗？都说她说几句话就淌哈喇子，你也不看看有没有什么大毛病？"

长生忽地就急了，他转身往里屋走："要说有毛病，也是我有毛病，有什么脸面挑人家？"

长生和瑛姑恋爱了。起初，瑛姑总是不说话，他们一起走过一条河，长生指着那条河说："你瞧，这儿的鱼最肥，我来抓给你烤着吃。"瑛姑就仰着脸笑，狠狠地"嗯嗯"两声。他们一起路过一块田，长生指着那块田说："你瞧，这是咱家的田，过两个月，就能长出最甜的瓜。"瑛姑又仰着脸笑，狠狠地点点头，"嗯嗯"两声。直到长生亲了瑛姑，他抱着她在挂着月亮的柳梢下，长生说："你那么爱笑，怎么不愿说话？"

瑛姑才眨巴着眼睛抬起头："俺爹说，和你出来不准俺说话。"说着说着，一条小河就从瑛姑的嘴角流下来，月色照在小河上，亮晶晶。

长生提着袖子替她轻轻地擦掉："没事儿，以后你想说什么话就说什么话，想说多少话就说多少话。"

长生第二天就去县里买回来一卷厚厚的宝石蓝棉布料，拿剪刀裁成了一块又一块。那是他自己做的手绢儿，他塞几块在瑛姑的口袋里，又塞几块在自己的裤兜里。瑛姑的爹瞧见了，抹了抹通红的眼眶，皱纹像干涸之后的河床。

长生与瑛姑结婚了。他的病症也随之莫名地好转，偶尔发作过两三次，瑛姑渐渐就习惯了，她由一开始的惊慌无措，到后来只是静静地陪在他身旁。她意识到，他只是像桌子上的座钟一样，到了某个时间点，就会丁零当啷地响上那么几下，然后生活一切如常。等长生清醒过来时，瑛姑会跟他比画，模仿他抽搐的样子，那银盘似的脸上滑稽的表情逗得长生哈哈大笑。他第一次明白：不幸的人充满不幸，幸福的人也不过是在不幸里寻找着幸福。

瑛姑只慌张过一次。她怀着七个月大的孩子，在院子里喂小鸡，长生在屋里煮晚饭。她只听见"扑通"一声响，便急慌慌往里屋挪动脚步。小鸡们扑腾着焦黄的翅膀躲去一旁，灶台里的柴火"滋滋"地响，长生倒在地上，嘴唇发紫，咳出许多浅粉色的口水，他的眼睛已经无神，四肢僵硬地抽搐。瑛姑想像以前那样去轻抚他，却又本能地躲开了，她下意识地护着自己的肚子，母性逼迫她选择远离所有潜在的伤害。她开始掉眼泪，继而号啕大哭，瑛姑记得，只有在她九岁那年母亲离开她时，她才这么肝肠寸断地恸哭过。等到长生醒了，瑛姑就哭得更厉害了，她满是委屈，更多的却是自责。人人都说她是一个傻子，可她不是，也许她与正常的世界隔着一层巨大的屏障，使她充满了一种生性上的钝感。可即便如此，她也在那一刻体悟到：人生便是在选择和承受之中。只是这时瑛姑还不知道，她此刻的痛苦尚算不上是痛苦，因为她至少还有的选择。

婚后第二年，他们的女儿欢欢来到了人世间，为了纪念，长生在院子里种下了一棵樱桃树，他们给树也取了个名字叫"欢欢"。欢欢三岁时，瑛姑的父亲病死了，长生在院子的东南角又种下了一棵樱桃树。欢欢五岁时，她的弟弟——长生和瑛姑的儿子出生了，第三棵取名为"乐乐"的樱桃树也种上了。

树犹如人。树木缓慢而自然地生长，开过夺目的花，结过香甜的果，渐渐凋零老去。祝长生盼望着，他们一家子，也能偷得如树浮生。

4

祝家庄是个渔村，地处胶东半岛的最尖尖，老天赏饭吃，渤海、黄海在此交汇，一半的村民靠打鱼为生。祝长生也包了一条小流船，不过他只偶尔到近海处捞捞海货，从不远行。

祝长生是个惜命的人，尤其是有了一双儿女后，癫痫也很少大发作了，偶尔小发作，也不过几分钟的时间。他很满足这样的生活，他唯一的心愿，就是能如此平淡苟且地过一辈子。他年轻的时候，跟着村里的二叔做过屠户，可他实在心太软，杀猪宰牛时，老是下不去刀。二叔说："你这样犹豫，它们死得更受罪。"长生说："我夜里常常做梦，梦到它们流着眼泪凄惨地号叫，求我不要杀掉它们。"二叔长叹一口气："牛吃稻草吃谷，各人自有各人福，都是上辈子的命，你可怜它们，谁可怜你？"

可长生还是下不了刀，他只能帮二叔烧沸水、切熟肉，打打下手。又过了些年日，长生年纪大了，愈发受不得这些牲口死时凄惨的叫声，他放下屠刀，拿起锉刀，又改行去学做了木匠。长生觉得木头也是有生命的，但好歹它们不会声嘶力竭、挣扎哭闹，它们默默忍受着，任由他剥了它们的皮，晾干它们的汁液，锯断它们的棱角。祝长生有时望着这些树木发呆，他幻想自己上辈子应该也是一棵树，一棵被悲苦欺压了一生的树，打碎了牙齿也只会往肚子里吞咽的树，任捶任打却不知该如何向命运反抗的树。

所以他做起活儿来就格外仔细些，他对这些树木充满了深深的同情，偶尔，当他下手重了时，他还会轻轻抚摸着这些藤蔓枝条嘀咕几句话："我下手快点儿，你们就没那么疼。"工友们笑他真是魔怔了，怎么和木头说起话来。长生只是垂下眼，又摸一摸那刀疤满身的木头。二叔说："你拿不了刀，不如出海。"可他宁肯一辈子都和刀刀锯锯打交道，也不愿出海——出过海的人都知道，大海里，人命最不值钱。

每个月的初一到初四、十五到十八，是渔民赶海最好的时节，那个当口儿的潮最有劲儿，潮退得越大，海里面带的东西就越多，海螺、小蟹、蛎子……淘不尽似的。这几天，祝长生也会带着瑛姑，开着自家的小流船跟着乡亲们去赶海。长生敬畏大海，他教会了瑛姑很多赶海的规矩。譬如出发前，一家子必得磕头烧香祭海神；平日煮饺子，全家必得一起喊一句："漂饺子喽！"谁都不能提"下饺子"这三个字；晒被子也不能说"翻被子"，必须说"划被子"；吃饭时，筷子不能平放在碗上和桌子上，必须一头着地后往前滑一段再落下来才行……诸如此类的规矩，全家一体执行。祝欢过了十岁生日后，长生偶尔也带着她出海。祝欢每每欢天喜地地爬上小船，弟弟祝乐就在一旁哭得撕心裂肺，哭到嗓子都哑了，长生也绝不带他上船。渔民里有个死规定，父子严禁同船，大海之上，若是遇到海难，一家男丁都遇到不幸，实在是难以承受的打击。

比起赶海，瑛姑最钟爱的活动是打蛎子。祝家庄眼前便是西至乳山口、东至浪暖口的开阔水域，这一水域，潮流畅通，风浪较小，乳山河和黄垒河给牡蛎带来了大量的营养饵料。在沿海的礁石上，野生牡蛎比比皆是。蛎子是个好东西，既可鲜食，"生吃蛎子活吃虾"，也可将牡蛎壳洗净后放在锅里蒸煮，熟后剥食，味道鲜美极了。

长生既是木匠，他便自己动手给瑛姑做了一把上好的蛎钩子。中间一根结实的橡树木头，一头用电钻钻出个大粗眼，又找到一根有劲道的铁棍，使劲儿折曲一下，对折出两个头，用火把两头烧尖，再把铁棍的腚部插进粗眼里，一把利器就落成了。瑛姑是打蛎子的一把好手，她从不去抠蛎头，专门挑蛎子肉。她右手拿着蛎钩子，一歪一下钩子嘴儿，牡蛎的上壳就"啪"的一下被撬开了。瑛姑打的蛎子总是浑浑溜溜的，刮着刮着，白肚是白肚，蛎子黄是蛎子黄，蘑耳边[1]是蘑耳边。她把蛎子肉先都装进大玻璃罐子里，罐子满了，再倒进塑料袋里，打一个钟头就能顶上别人一整天。一些人眼红了，挤眉弄眼地朝着瑛姑喊："谁说俺们瑛姑傻了，这么多蛎子肉，长生吃了阳都壮爆了！"一群女人嘻嘻哈哈地在她身后笑。瑛姑偶尔也笑，但她管不了这么多，她急着往家赶，一心想要把这些牡蛎卖个好价钱。

一九九五年，一斤野生蛎子肉五块钱。回了家，瑛姑把蛎子肉倒进善水[2]里，它们就像海蜇一样跑，都伸展开了。在淡水里泡上一会儿，蛎子肉就能吃进很多善水，有一斤涨一斤。渔民们为了涨秤多卖钱，都是这么干的，瑛姑聪明，学得快。这样打一天，瑛姑能卖二十几块钱，她仰着脸笑，把钱交给长生，长生也咧着嘴笑，枝条横生的脸上全是弯弯绕绕。

日子就在长生和瑛姑的脸上一刀一刀地划着，偶尔生疼，但

---

1 蘑耳边：胶东方言，蛎子肉的边缘。
2 善水：胶东方言，淡水。

大多时候不痛不痒，平缓自然，有时还能雕出几道美丽的纹。他们在命运里不知不觉地往前走着，一年又一年。

临近春节，是祝家庄的女人们每年最繁忙的时候。靠海的人，都不愿意吃夏天的牡蛎，倒不为别的，主要是夏日里气温高，蛎子过肥，浆了一样，咬在嘴里面面的，行家一品，还有些涩涩发酸的味道。蛎子只有到了冬天才肥得鲜美，"蛎子蛎子"，寓意儿孙大吉大利，这时家家户户都去打蛎子，男的忙着干重活儿，都是一群女人成群结伴地去打蛎子。

这年祝欢与祝乐姐弟都已三十多岁了，两人均已结婚生子，婚嫁都在祝家庄。祝乐在二十七岁那年，在工地干活儿被吊车轧断了一条腿，养了一年多，命倒是保住了，走路却一跛一跛的。祝长生平日里人缘好，他大多时候话不多，只知道低头干活儿，村里谁家需要刷漆上瓦、电器维修，他都能帮上大忙。各家有个婚丧嫁娶、乡宴摆酒的，也都愿意叫上他。祝长生以前总是摆摆手拒绝，偶尔来了，也只顾着闷头吃，吃完就去帮忙干活儿，可自打祝乐瘸了一条腿后，人们就常常在这些酒席上见到他的身影。他稍一喝多些酒，便会拉着人抹眼泪："俺杀牲口造了孽，才让俺一家子三个都不正常。"

他俯首低耳，异常卑微，见者无不垂怜，人们只能拍拍他薄薄的脊背，劝慰他："可不该胡说！瞧瞧你们家丫头长得多好，嫁得也好，村里这么多丫头，哪个比你家欢欢孝顺？"

祝长生这才多少得了些安慰，微微抬起头颅来。

祝欢长得好，瑛姑圆润的鹅蛋脸、水灵的宝石眼、含羞的柳叶眉，全都复刻在了她身上。她嫁给了祝家庄卖面粉的老钱家，日子过得也算殷实。祝欢念家，不嫌母穷，三天两头地往娘家跑，带点儿这个，带点儿那个，打点打点父母，帮衬帮衬弟弟，婆家人良善，也从不多言语半分。

这日早上十点多，邻居刘婶来唤瑛姑一起出海，瑛姑却不知早上吃了什么，正闹肚子。祝欢在院子里搓衣服，她净了净手上的泡沫，笑着说："俺娘闹肚子哩，刘婶，你带俺去！"

说着，她朝里屋喊了一句："娘，俺跟刘婶打蛎子去嘞！"也不管瑛姑有没有听见，两人便胳膊挽着胳膊，说说笑笑地往外走了。

一共七个女人，在船上七嘴八舌地谈笑着，聒噪得很。刘婶的丈夫刘叔开着船，船身黄绿相间，在碧蓝色的水面上"咚咚咚"地跑着，卷起的浪花唱着悠扬的歌。海中间一些礁石滩在潮水退去后显露了出来，石头氽上，满是牡蛎。女人们兴奋着，拿着各自的蛎钩子匆匆下了船，一个个打红了眼。

刘叔把船往回开，刘婶笑着说："老头子，恁[1]中午自己熥点儿饭，下午两点可别忘了来接俺们。"

---

1 恁：胶东方言，你。

刘叔也不回话，捣鼓着船上的麻绳往回走。

刘婶见他不说话，又拔高了嗓子叮嘱他："恁听见没有？恁别去打麻将，下午早点儿来接俺们，回去都还忙活着弄年货哩！"

几个同来的媳妇儿也笑嘻嘻地附和着，刘叔这才不耐烦地嚷嚷着："你们就赶紧挖吧，迂迂阔阔的。俺怎么可能忘了？出了一辈子海还能忘了？"

女人们就笑："瞧瞧，这就急了，哈哈哈。"笑声在大海上清脆爽朗，伴着海鸥的啾鸣，一个宁静的冬日亘古不变地重复着它的故事。

刘叔回去后并没有回家，他路过村口的小卖铺，里面人群熙熙攘攘的，几个老爷们儿在打麻将，刘叔进去站在一旁看了一会儿。临近中午，一位老汉要回家吃午饭了，便让刘叔替一会儿。刘叔说："俺下午还有事儿，恁早点儿回来。"老汉卷着烟就往外走，满口应承。刘叔牌运不好，打了一下午，直输钱，他心里恼怒得很，一心急着要把钱赢回来。到了快五点，天都要黑了，有人憋不住尿起来上厕所，刘叔望向窗外，才猛地一拍大腿："糟了，俺家那口子还在海上呢！"

一群汉子全慌了神，拔起腿就都往家里跑，开着各家的船齐涌涌地往海里去。冬日暮色早已将整片大海吞噬了，天海相连，没有一处光亮，轰天的巨浪声打在每个人心里，一声声、一重重，吼得人心惊胆战。数十艘船在暗夜里的海面上点起了希望的灯，人们呼唤着自家母亲、媳妇儿、女儿的名字，呐喊声此生彼响，在无边的大海上摇摇荡荡。

那白日里退潮后露出的岩礁早就没了影子，海水一个浪头一个浪头地往上涨，岩礁被涨起的潮水吞没了。大海上，茫茫无踪迹。

祝长生和瑛姑也在船上。祝长生下工回了家，问瑛姑："丫头今儿个不是回来了吗？"

瑛姑手里正团着白白的大面团："是嘞，好像去刘婶家玩去了，俺给她蒸些馒头好带走。"说着，她迅速地抬起手，用一块蓝色的小手帕擦了擦嘴角往下淌的口水。

祝长生洗过手，接过面团，跟她说："你去歇会儿，俺来弄。"

瑛姑就把面团交给他，憨憨地在一旁笑。

天都黑了，祝长生嘀咕着："丫头咋还没回来？"他正起疑，却听见门外一群人疯叫着，乱成一团地厮吵。他快步走出去一问，才知道祝欢还在海上。

瑛姑说什么也要和长生一起来，老两口在海上呼唤着女儿的名字，却像一颗颗投进深海的巨石，咕咚、咕咚地一块块扔进去，却得不到一丝丝回响。

"在那儿！你们看那儿！"有人扯着嗓子大喊。数十艘船闻声而至，船灯、手电筒的灯齐刷刷地打亮到一处，在海上升起一层幽远而神秘的光。

只见那光照处，七个女人漂浮在海面上，她们用解下的腰带把彼此绑在一起。

全死了。

也许是想自救，也许是怕死后被冰冷的海水冲走了尸身，七个人用腰带紧紧地捆扎着彼此。村里的老人们说，人死在海里，尸体漂上来以后就认不出谁是谁了，只有他的家人去辨认，尸体才会显灵，鼻子才会流血，让亲人带他回家。

长生抱着祝欢的身子，瑛姑号啕的哭声与这汪洋大海上其他男人、女人的哭声连成一片。祝欢的鼻子流血了。

5

这年正月刚过，又下了一场厚雪。

祝家庄被漫天的雪盖住了，新起的红瓦房与破旧的茅草屋，光滑的柏油路与泥泞的黄土道，全都是白茫茫的一片。人类的原始与进步在皑皑大雪里混沌模糊，面目全非，远望过去，分不清哪个是哪个，唯有那青青松柏，还顶着一抹绿意，昭示着生命的顽强不息。

　　这是祝家庄最普通的一个冬日。这日清晨不到六点，天色尚未透亮，人间靠着昨夜的新雪映得半白。祝长生院子门口却人头攒动，人们指指点点着，或交头接耳，或掩面而泣，几个警察把两三个胆子大的汉子拦在红线一尺外。有年纪稍大的孩童站在人群后踮起脚尖往里瞧，只能看见院子里三株光秃秃的樱树枝丫上堆出了一团团雪，不似樱花，胜似樱花。

　　不多久，祝长生杀人的消息便在整个村子里传开了。

　　昨夜十点多，寡妇朱大婶听见祝长生院子里传来一阵争吵声，但她并没有太在意，这些年，原本性格木讷温和的祝长生脾气愈发有些暴躁，总是动不动便斥责瑛姑。到了半夜一点多，朱大婶又听到墙那边响起了一阵阵"咣咣咣"的剁菜板声，一刀一刀，连绵不绝，一阵比一阵响。她以为是隔壁年轻的大刚夫妇半夜回来在剁排骨，她很想起身去和他们理论理论，但多年寡居，她连半夜上个厕所都得给自己哼个小曲儿壮胆，最终也只能窝在被子里咒骂几句这对总是瞧不见人影的小夫妻。没想到第二天早上才四点多，朱大婶迷迷糊糊地被门口鼎沸的人群吵闹声吵醒了，她才知道：八十二岁的祝长生竟然杀人了，杀的正是他的老伴儿，八十一岁的冯瑛姑。

　　祝长生不仅杀了人，他还把瑛姑肢解了。他把她的头颅和四肢分装在了三个大塑料袋子里，埋在了院子里的三株樱树下，又用一个袋子装着瑛姑的肠子和肝脏，送到了老周婆的家门口。半夜两点多，有个醉汉见到祝长生满身血迹地在大街上走，那人被吓得酒醒了大半，问他："你这是要到哪里去？"祝长生说："我杀人了，我要去派出所。"那人反而笑了，他见是个八十多岁的垂垂老者，心下估摸着，这老头儿大概精神不大正常，便真的带他去了附近的派出所。执勤的民警一询问，听出了蹊跷，公安局派了人来，祝长生真的杀人了！

这片土地向来民风淳朴，这样一件骇人听闻的命案，方圆百里，远近数十载，闻所未闻。可祝家庄却没有一个人感到惊恐，就连生性怯懦的朱大婶，闻后也只是大惊，不敢相信，却毫无惧色。整个村庄沉浸在巨大的哀伤之中，人们缓过神来，愈发变得悲悯，可怜瑛姑的悲惨，同情长生的苦命。

村子里有稚子懵懂，问家中母亲："他明明杀了人，为何大家却都同情他？"

母亲轻抚儿子的额头："你还小，等你长大了，你就明白了，他得了精神病，自个儿也控制不住自个儿。"

小孩子哪里懂，他正是深信"我命由我不由天"的年纪，他摇摇头："人怎么会自个儿控制不住自个儿呢？"

母亲揉了揉她那干瘪的眼角："人啊，哪里斗得过命。"

村子里的人都知道，祝长生疯了。自儿子腿瘸之后，他的脾气就变得愈发古怪了，癫痫的发作日益频繁，好几次都是在外做着做着工就犯病了。女儿死后，他又发了一次大病，这次却不是癫痫，他拿着一把铁锹四处挥舞，砸烂了家里的许多物件，瑛姑的肚子被他一铁锹铲了一道流血的大口子，邻居们闻声前来劝阻，好几个爷们儿才控制下他。村里的干部带他去县里看医生，医生说他得了精神分裂症。

那夜他又犯病了，村子里的人猜想，他年轻时做过屠户，他定是把瑛姑当成了一头猪。他把她当成一头猪杀了。

可怜的瑛姑。她原本只是有些愚笨，可正常人的生活，她也是能自己料理的。女儿的死给了她太大的打击，没过几年，瑛姑连门都不能出了，她变得不认识人，有时在大街上就脱起了底裤和奶罩，赤条条地走上好几里路。人们都可怜这老两口，可人心就是这样，没人愿意再多接近祝长生一家。祝家庄的日子越过越红火，生活条件也都发达了，谁家的什么东西坏了，要么直接送到城里修，要么就直接扔掉了，没人再找祝长生帮忙干活儿了，这对老人仿佛就在这个村庄里突然消失了一般。偶尔有人经过祝长生家门前，遇到了这个脊背佝偻的男人，也只是随意打个招呼，眼睛里却没看见他似的。一个有尊严的人，就这样被世界彻底地无视了。只有老周婆隔三岔五地还会来看看瑛姑，送来一碗面条或是饺子，可后来，老周婆也来不了了。她太老了，腿脚不好，走不动了，虽然只相隔着几十米路，可衰老硬生生地把这几十米也变成了天河。

人们叹息说："祝长生准是精神错乱了，他把瑛姑的肝脏当成了猪的肝脏——那是猪身上最值钱的地方——他送到老周婆家门口，是想报恩哪！"

警察把祝长生带走了，他们在与他沟通时，发现祝长生语言交流存在困难，有一定的精神问题，经司法鉴定后，祝长生被诊断患有急性短暂性精神病性障碍。

那日清早，祝乐随警察走进了他再熟悉不过的院子里，警察指着一棵树，说："您母亲的头颅就埋在这里。"那是一棵樱树，名字也叫祝乐。他茫茫然地跟在警察身后一一确认，又茫茫然拖着一瘸一拐的腿走出了小院。那是他童年盛放的地方，盛放过他一生中仅有的无忧无虑的时光。那时他的姐姐还会给他当大马，祝欢驮着她，母亲在一旁唱着歌谣拍着手，父亲钻出漫天的木屑，宛若绽放的春花。

祝乐骨瘦如柴，此刻更是轻飘飘的。他的腿也不跛了，仿佛整个人能飞起来。他眼神空洞洞的，嘴巴微微张开，他念念叨叨地向警察苦苦求情："俺姐走后，俺爹犯过两次病，俺上网查过，说是精神分裂。去年底，俺爹胸疼得厉害，他自己偷偷用了很多土方，老不好。俺带他去医院检查，医生说是肺癌晚期，俺想着，等过了年，俺就带他去做手术。怎能等俺先带俺爹去做了手术，再来抓他吗？”

祝乐这样说着，眼泪这才第一次掉出来。警察拍了拍他肩膀，所有人寂静无声。

没有人知道那夜究竟发生了什么，也没有人了解祝长生和瑛姑这八十多年的人生到底都经历了些什么。他们平淡的一生没有什么值得言说，只剩下这么一个巨大的、惨烈的收场，让人们久久难以释怀。

他们就如同这几棵樱树，一直就这么默默无闻地生活着，一次次被动地承接着岁月的风雨，只有承受，毫无选择。

A
Kind
Man

小
香
港

———

君埋泉下
泥销骨

我寄人间
雪满头

《梦微之》
白居易

小香港总是糊糊涂涂的，偶尔清醒。

没有人再特别地瞩目他，他就像这座城里本来就长着的一棵树，一株草，一只飞鸟，自然而然地存在着。

他一辈子都只想做个普通的正常人，如今这愿望，终于实现了。

贰 小香港

I

一九九二年，这个十九岁的男人来到了我的故乡，此后的三十年，他缓缓地被这座小城吞没了，人们慢慢遗忘了他。他便像一棵树、一株草、一块石头那样，悄无声息地生长在这片土地上。

一九九二年，改革开放的春风才刚刚吹入我们这座小镇，日子像变戏法儿似的，一天一个新花样。大人们也都如孩童一般，总是睁大着眼睛，新奇地望着身边每日发生的新变化。

比如，城里那家传了七代人的老牌饭店——和平酒楼被拆了，拔地而起的是一座十六层的大厦，名叫昆嵛大酒店。一块块方方正正的蓝色大玻璃，水晶似的，在日头底下闪着大片大片的光，盯的时间久了，眼睛都会被它们灼伤。但这并不妨碍人们的兴致，这座小镇有史以来最高的建筑物，承载着每个人对新生活的期盼和仰望。在成群结队前来参观的人群中，有天挤进来了个陌生男人，他上身穿一件宝蓝色衬衣，领口不高不低，开了两颗扣子，恰好能隐约瞧见健康的胸肌；衬衣别在一条紧身牛仔裤里，裤腰高高的，衬得他更显挺拔修长；他的皮鞋擦得锃亮，鞋尖处还溜着光。没有人认识他，所有人却免不了都要看他一眼，他神态悠然，气定神闲，接受着众人的瞩目，好一副摩登气派。这时一个孩子扯着清亮嗓子的喊叫声打破了人们骚乱又神秘的情绪，他尖叫了一声："妈妈，他是个瞎子！"

那位年轻的母亲赶忙搋了儿子的屁股两下，满是羞态地看了男人一眼。高瘦的男人摘下墨镜，冲着这对母子笑了笑。他一笑，薄薄的唇灿烂地咧开，露出一对虎牙、一对酒窝，一双俊俏的桃花眼扑闪扑闪地眨着，把女人的脸看得更红了。这座小镇上，人们第一次瞧见戴墨镜的男人，和电影海报里的那些电影演员真是一模一样。年轻一些的小伙子们投来艳羡的目光，女人们只能用余光偷偷地看，看得仔细了，便会发现那镜片上还弥散着霓虹色的光，在太阳底下，就更好看了。

又比如，镇中心老夜市所在的一块宝地上，那只陪伴了这座小镇七十多年的铜牛被搬走了，据说那还是民国时期蒋介石赐给登州府的祥瑞礼物。老人们纷纷哀叹世风日下——这是要破风水的。但一排排水泥砌的方格子状的小房子还是如雨后春笋般在街道两旁蹿了出来。早市、夜市那些平日里闲散着摆地摊儿的摊主被统一安排到了右街的商贸市场中，人们在一片骂骂咧咧声中调侃着自己：好似一头头猪被人圈养起来了。政府满怀雄心命名的"振华商贸市场"没人叫，大家伙儿私下悄悄自发地起了一个新名字——"小猪圈"。但没过多久，这些摊主就意识到了"小猪圈"的好处：整齐划一的店铺、干净明亮的过道、分门别类的管理。"小猪圈"越来越有名气，俨然成了小镇最繁华的所在，老百姓们皆慕名而来。时间久了，大家心中一致认为，要想买到好的东西，在集市上是不成的，必得到"小猪圈"里来。摊主们也不再自视为摆地摊儿的了，纷纷改口称自己是商户。

那条后来被叫作"步行街"的街道左侧，景象更是一时无两、繁华无双，一间间各具特色的店铺鳞次栉比，宣告着一个沸腾时代的到来。

小香港便在其中——步行街上唯一的一家理发店名叫小香港，理发师是那个喜欢戴墨镜的男人。

小香港不是本地人，人们不知道他叫什么名字，便跟着店名唤他，于是这个年轻的男人，在这个小镇有了新名字：小香港。他的到来给这座偏安一隅的东海小城带来了不小的热闹和风波。几十年里，镇里的理发师多是女人，虽也有几个年纪大些、鬓发苍苍的老先生，但这么年轻的大小伙子做理发师，人们还是头一次瞧见。况且他店面外还挂着一张四四方方的告示，清清楚楚写着：本店服务项目除理发外，也可单独洗头或吹头，价格干净，童叟无欺。男人们见了，扯着嗓子喊，谁会闲得专门去洗个头啊，再说一个大老爷们儿给另一个大老爷们儿揉揉搓搓的，害不害臊；

女人们也觉得不好意思，想想自己的发梢在一个年轻小伙子的手指尖缠缠绕绕，脸上就浮出了一朵朵恋爱的绯云。

但小香港长得是真好看，面若冠玉，唇红齿白，一米八的个头儿，肩膀是肩膀，腰身是腰身，唯一美中不足的，是太羸弱了些，扎在北方男人堆里，就更显得有些弱不禁风了。但这也给他添置了些惹人怜爱的气质，尤其是配上大笑起来时露出的一对虎牙，让人没法儿不爱他。很快，"小猪圈"里的一群女人就在连日窃窃私笑声中推选出了一位胆子大的代表，将她推推搡搡着挤进了店门——专门卖广东牛仔裤的马秋妮，就这样成了小香港理发店的第一位客人。

马秋妮不仅在小香港洗了头、吹了头、理了头、烫了头，而且还把头发染成了亚麻色。这件事一下子在小镇炸开了锅，人们纷纷前来围观历史上第一个把头发染了色的女人，大家都说她像香港的女明星，真好看。小香港一夜之间火了，在这个小镇最繁华的中心地带，理发店门前那两个灯柱子模样的发光装置二十四小时不停歇地闪烁着，尤其是到了夜里，霓虹色的光恣意飞舞，仿佛这里真是电影里的香港。

第二年春夏之交，小香港买回来了一台彩色电视机。每天傍晚，他都会定点打开电视，收看一部名叫《新白娘子传奇》的电视剧。那时大多数人家都还没有彩色电视，一开始只是几个相邻店铺的大人小心翼翼地前来打听，说家里的孩子们特别想看白蛇传，能不能让他们跟着看一会儿。小香港一家接着一家应承了下来，店里的孩子便越来越多。小香港喜欢小孩子，孩子们也喜欢小香港，到了傍晚放学时分，小香港里不仅有彩色电视，有白蛇青蛇，还有瓜子、奶糖和苹果。

平日里，小香港话不多，他说不好本地的方言，偶尔与人交流，总是操着一口吴侬软语。但这却不妨碍人们喜欢他，因为他和谁说话都是彬彬有礼的，又爱笑，那笑清冽干净，连着同他说话的人都倍觉神清气爽。渐渐地，越来越多认识的、不认识的女人拖家带口地搬着板凳来到小香港门口，看电影似的隔着窗户看电视。小香港有些惶恐，却毫不吝啬，他干脆把电视搬了出来，一时间天上繁星密密点点，地面人群熙熙攘攘，天地之间，好不热闹。

我第一次见小香港，是在一九九三年的夏天。

那年我五岁，邻家大我一些的孩子带我一起去看电视。远远地，我看见一个仪姿风流的年轻男子，斜倚在门口的栏杆上，静静地看着自家门口前一大群陌生人围在他的电视机前喧嚣聒噪地叫着，闹着，欢笑着。他微微仰起脸，望向天空。夏日白昼渐长，已近七点，东升的月亮与西落的太阳同时悬挂在青明色的天幕上，若瞧得仔细，便能隐约看见几颗最亮的星也不甘寂寞，奋力地闪着光。几丝流云悠悠地走，它们不在意人间的步履匆匆。他吐出了一圈又一圈清清淡淡的烟，烟软软地在空气里弥散，一些飞走了，一些又落回了他脸上。在霭霭的烟火气中，他浮现出了一种淡淡的、愉悦的、心满意足的笑容。

他似有一种亲切感，这个小城正是他的家乡，眼前闪烁着的身影，都是故人。

2

再见到小香港，已是近三十年后。

二〇二二年春，在全世界蔓延了三年的新冠疫情依然没有缓和的迹象。德尔塔病毒来势汹汹，香港、深圳、上海、北京等大城市纷纷陷入了与病毒的苦战，我的家乡小镇也未能幸免。春节过后，因各地疫情严重，小镇被迫临时封城，我被困在了故乡半年之久。起初因工作被耽搁，心中难免烦闷焦急，但外力不可拂逆之事，只能靠内力慢慢调整心绪，于是我每日在家看书、写作，倒过起了一段"两耳不闻窗外事，一心只读圣贤书"的闲适时光。渐渐地，脸也懒得洗了，胡子几日不刮，头发长到十几厘米，整个人看起来邋里邋遢。以往受工作性质的影响，常要露脸做节目，每日都要早起洗脸、吹头发，如今过上这样松散的日子，我倒是大大体味到了孙猴子逃离五行山的快感，甚是自在开心。但父亲母亲却似乎受不了我的糟糕形象，一解封，母亲便拖着我理发去了。

　　那日春风平静，樱花已落，梨花跟了上来。路两旁还有几株大玉兰开得长久，粉白的、朱红的，掩映在排排绿柳之间，分外妩媚。母亲替我约了一位理发师，据说是小镇这几年最受欢迎的理发店里的首席。春光甚好，又因多日未曾外出，我便提议与母亲一同漫步前往，母亲欣然同意。

　　虽常回故乡，但多是看看父母，吃顿便饭，片刻即走。来去匆匆，尚不如候鸟——候鸟还能短暂停留。小镇已是一派新天地，我却浑然不知晓。城市在向东发展，东城道路宽阔，景观精美，高楼挺拔；市政府、城市图书馆与公园错落有致；天然的丘陵山脉如一张张秀美的屏风间隔其中。回想我往日去过的许多发达国家的最现代的城市，其面貌也不过如此。我望着如今的故乡，心里情难自抑地涌出一些感动，既因为这片土地，也因为这土地上世世代代辛苦勤劳、日耕月织的父老乡亲。

　　自东城向西穿越老城，却另是一番滋味在心头了。

　　"小猪圈"早已没落，曾经辉煌一时的金都大厦、昆嵛大酒店等建筑物处处显露着老去时代的面孔，仿佛一座座回荡着遥远钟声的遗迹。往昔那耀眼的蓝色大玻璃窗在夕阳的余晖下喘着沉重的粗气，被日复一日、年复一年的尘土蒙上了擦拭不去的斑斑伤痕。时代的车轮在它们身上滚滚而过，贪婪又无情，犹如美人迟暮，空留人落落叹息。

我们走过一条熟悉的街道，我瞧见了一张陌生的脸。

在一张落地的大玻璃窗前，他安静地坐着，痴痴地望着窗外，没有丝毫表情。我仔细凝视他，他应该也来正视我，但他没有，他眼神空落落的，里面什么也没有。他的头发有些衰白，夹杂着一些灰、一抹黄。春意如此浓烈，他却仍穿了一件厚厚的黄色针织毛衣，靠着一把老黄木椅子，端端正正地坐着。他如此沉默，沉默得出奇，反生出一种脱离尘俗的道骨仙姿。我已端详着入了神，母亲的一声哀叹惊醒了我："唉，小香港啊！"

"小香港？"遥远的记忆自深潜的海水下蓬勃袭来，镜头一下子拉回了三十年前，那杨柳依依、月上枝头的夏日傍晚，那斜倚在窗口的美少年。

我吃惊地回头看了看母亲，又回头望了望那个寂寞的人。

"是啊，以前他是多么风光的一个人啊！我年轻那会儿，大家伙儿都挤破头地去他店里烫头染头，他也不招其他店员，就靠自己的一双手。那时候谁能让他剪个头，可以炫耀好几天呢！"母亲也随我驻足，满眼怜惜。

"那他现在不理发了吗？"我问母亲。

"理不了了，几年前出了车祸，胳膊和腿都废了一只，脑子也不怎么灵光了。现在是他带的两个徒弟在剪，但你看，新开的审美、时尚造型，人家都是什么装潢，有多少员工。况且，实在地说，他的技术也都过时了，没人再来小香港了。"母亲悠悠然看着窗户，像刚刚穿过了一条时光隧道，"如今还来的，也都是一些当年的老顾客，像我这样六七十岁的老人了。"

我犹豫了片刻，跟母亲商量："我就是把头发剪短，也不需要啥技术，要不我们就在这里剪吧？我要是剪得好，你再剪。"

母亲大方地笑笑："我怎么都可以，我也不需要啥造型。"

我们进了屋，一个年轻的小伙子热情地招待我们，又是端茶又是倒水。母亲与他聊得火热，我则急切地扭头望向小香港，试图捕获他新的神情，他只是微微冲我们笑了笑，又那样空空地望回窗外，一脸茫茫。

店里一共有两位理发师，年纪二十岁左右的叫阿城，高高瘦瘦的，打扮时髦，性格也热情活泼，听口音应该是东北来的，一打听，果然，是沈阳人。年长一些的，约莫四十岁，不怎么爱说话，体态微胖，显得容貌也憨厚可掬，阿城唤他大强哥。

阿城给母亲剪发，大强哥给我剪，店里没有其他客人。阿城是个话痨，母亲也不遑多让，两个人闲聊起来，越聊越兴奋。

母亲说："以前咱们胶东的人都去闯关东，现在东北却留不住人了。你看咱们这儿的年轻人，一多半都是东北来的了。"

"是啊，咱们这儿我们老乡贼多，好多也都是爷爷辈从山东去东北的，现在又回来了。谁叫俺们那儿这些年发展得不好呢？唉……"也不知阿城是真遗憾，还是假抱怨，他说起话来宛若一只童真的百灵鸟，一个腔调转着一个腔调，听不出一丝愁绪。

"都不容易啊。"母亲只要遇到自己解释不清的事，就会说一句"都不容易"收尾。这句话有魔力，可抵万事，解百忧。

我安静地听着母亲与阿城热切地闲聊，偶有趣处，我从镜子里悄悄观察大强，他弥勒佛一样的脸上也会露出微微笑意，笑容亲和慈悲。

我对新发型很满意，母亲倒是颇有微词。她在小香港里当然表现得很得体，连连称赞，回家后却对着镜子几番审视，换着角度问父亲，是不是刘海太短，后脑勺儿太高，又念叨，人老了，不能再剪这么短的头发了。父亲笑笑，并无应答。

母亲六十岁了。岁月终于在她的脸上留下了痕迹。她年轻的时候也是个标准的大美人，如今年纪大了，对自己愈发变得挑剔。母亲并不情愿接受衰老这件事：比如，她变得越来越不爱拍照了；再比如，去商场试衣服，不过几件，情绪便会变得焦急暴躁，因为过往中意的衣服，再穿在身上，已不是那个味道了；又比如，她常常觉得日子空虚无聊，只有偶尔提起年少时光，眼睛里才会闪过几分神采，却也转瞬即逝。

也许是我亦不再青春，才突然意识到母亲是真的老了。

我看着镜子前的母亲，又想起了小香港。

他曾有着一副轰动小城的好皮囊，一段快意风流的好时光，三十个春秋不长不短，他何以成了如今这般模样？

我向母亲打听，可她也只了解一些只言片语，她建议我再去找找大强，或许他会有答案。

次日早，我又来到了小香港理发店，店面尚未正式营业，只有大强一人在清扫。我真诚地表明来意，我说我是一个写文章的，大强笑笑说一看我就是个文化人。我说我三十年前曾见过他师父，大强说他师父一生坎坷。我说我对他的命运充满关心，大强说那他试着跟我说说师父的往事。

这个男人的半生，渐渐在我眼前清晰明亮。

3

故事还要从周建平讲起。

一九九一年，二十三岁的周建平告别了家乡的土地，在城里开了一家售卖五金零部件的小店铺。当年秋，周建平跟随老乡一同去浙江温州进货采购。初到温州，一下火车，已是轻车熟路的老乡们说先带他享享福，几个人来到了一家装潢显阔的美容美发店，三四位衣着鲜艳、妆容明媚的女人热情洋溢地迎了上来，寒暄不过片刻，她们便一人带着一位老乡进了里屋，说去洗头。老实木讷的周建平平生第一次见这样的阵仗，整个人吓得晕晕乎乎，直愣愣地傻站着，不知所措。一个梳着马尾的女孩子前来挽他的胳膊，她挺着大大的胸脯，一半雪白的球体赤裸在外，周建平的眼珠子转都不敢转。他只得抬头盯着天花板，连连摇头，嘴里念念叨叨："我不洗我不洗，我没有钱。"女人笑得咯咯响，笑声越来越远。不一会儿，一个年轻男孩子的声音在他耳畔响起："那我给你洗吧，放心，正规的，只要两块钱。"

周建平也不知道为什么，就听了他的话，呆呆地跟在他身后。周建平活了二十三年，第一次感受到有人可以把头发洗得这么舒服。男孩的手指肚像一只只小蚂蚁，在他的头颅上长征、跳舞、歌唱。他很想笑，又不敢笑，他憋着笑，偷偷睁开眼，瞧见一双忽闪忽闪的大眼睛也正看着他。周建平心里刚冒出来一个问题，嘴巴一张就问出来了："你这双眼睛，睫毛怎么那么长？"

一九九一年，十八岁的杨扬从苏州投奔嫁到温州的表姐，在姐夫的理发店里做起了学徒。是年秋，杨扬遇见了自胶东来温州采买的周建平。一九九二年春，杨扬来到了这座小城——周建平的故乡——他开了一间理发店，名叫小香港。

周建平的五金店搬迁进了"小猪圈"，生意日益红火；杨扬的理发店开在了步行街的正中央，名气如日中天。两个二十几岁的年轻人哪里知道人世凶险，正沉浸在玫瑰色的青春幻想里不可自拔，自以为可以凭借善良与努力偷得浮生，却不知命运汹涌，来日变故一重接着一重。重重困厄，皆是命定。

一九九七年秋，小香港来小镇的第六年，那年香港真的回到了祖国的怀抱，周建平却结婚了。

两人约定最后一次见面。小香港给周建平洗头，周建平躺在软软的椅背上，他睁大着眼睛，从下往上直扑扑地望着小香港，他说："我对你是真的，可我没办法了。我对不住你。"

小香港俯着身子给周建平洗头，他一根一根地摸着这些他曾轻抚过千万次的短发，比以往任何一次都仔细。泡沫在发梢上堆起了一层层云朵，不一会儿就幻灭了。他说："我明白的，我都懂，你要好好待人家。"

这个城市不知道小香港的秘密。

几日后，周建平大婚。小香港关了店门，喝了一整天的酒。他撑起身子想在屋子里走走，可没走几步，他的五脏六腑就把他绞得生疼。他实在疼得撑不住了，疼得连喘一口气的力气都没有。马秋妮——他在这个小城的第一位顾客，也算是他唯一交心的朋友——来看他，他忍不住向她倾诉了所有的疼。马秋妮把他的脑袋抱进自己怀里，哄啊哄，哄啊哄，哄了一整晚，等到他哭累了，入睡了，才悄悄离开。

第二天，小镇起了风暴。

人人都说，小香港是个二刈子，是个精神病，是个大变态。男人们见了小香港都躲得远远的，生怕这种病传染给自己；女人们见了小香港也躲得远远的，生怕这种病传染给孩子。也有些浑不论的年轻人，会故意等在某些地方堵他，见了他，便要扒他的裤子，他们说非得亲眼验证一下，他裤裆里到底有没有长男人那玩意儿。

朝去夕来，故人变恶鬼，他乡成地狱。

小香港彻底崩溃了。很长一段时间里，人们再也没有见过他，他彻底消失在这个小城的视野里。又不知过了多久，有人听闻小香港又重新开门营业了，价格降了大半，而且店里还多了两个理发师：一个年纪大一些的女理发师和一个年轻的男理发师。人性健忘又贪婪，慢慢地，消失的客人们又渐渐回来了，好似小香港从没得过"病"，又似他的精神病已经治好了。

眨眼又九个秋天。

二〇〇六年夏天刚过，三十八岁的周建平发觉自己连着几天总是大便出血，偷偷吃了很多偏方也不管用，直到最后晕倒在厕所里，才被送去医院。一检查，肠癌晚期。

"天塌了。"周建平在医院里刚睁开眼，就听到老婆张如娟淡淡地和他说了这么一句话。

她坐在病床边的一条四腿板凳上，也许是坐的时间太久了，整个人显得僵硬麻木，看不出有什么表情，也似乎毫无悲伤。她才不到四十岁，皱纹却已密密麻麻地爬在她的眼窝里、嘴角上。她看见丈夫醒了，只是嘴角动了动，好像要死的是她自己，铆足了劲儿吐了最后一口气，只剩下一副干瘪的空皮囊。

周建平与张如娟结婚九年，有一女一儿，姐姐八岁，弟弟五岁。九年里，"小猪圈"没落了，五金店倒闭了，周建平和张如娟贩卖起了海鲜，两人白手起家，经历风风雨雨，日子刚有些起色时，周建平的小舅子、张如娟的亲弟弟来给他们打下手，把两人的积蓄全都卷走了。家里报了警，警察说查到他搞传销去了，从此杳无音信、人财两空。夫妻二人不甘失败，从头再来，又卖起了蔬菜，正是艰难的时候，周建平倒下了。

麻绳专挑细处断，噩运只找苦命人。

周建平说不治了。张如娟说治。周建平说上哪儿去弄钱治。张如娟不说话。

二〇〇六年的槐树花开得格外香甜，蜜蜂嗡嗡嗡的叫声宛如盛夏协奏曲。小香港正准备送上一位客人出门，就瞧见一个女人面色冷清地推开了门。

九年来，小香港从没与张如娟正脸撞面过。可怨这小城太小，在七里塘农贸市场门前、在实验中学门口、在周建平家楼后的拐角处……小香港其实见过这个女人很多很多次。

"我来求你救救建平，他肠癌晚期，医院说要尽快做手术，我们没钱了。"张如娟死死地盯着小香港，腰杆儿挺得笔直，她一个字一个字咬得真真切切，却并非求人的口气。

小香港的脸忽一阵红，忽一阵白。围观的人面面相觑，平日里能说会道的女人们一秒间都变成了哑巴鹦鹉，只能干愣愣地坐着，一动也不敢动，生怕发出一丝声响。就连门口槐树上轰鸣的蝉和采蜜的蜂，也都噤了声。

"救，多少钱都救，钱我有！"小香港说。

关于小香港的风暴再度在这个小城崛起了，只不过，这风暴是在每个人的眼里、心里、神经里。没人敢开口说什么，也不知道该如何表达，大家只是稀里糊涂地看着，看着张如娟日日风雨不动地带着一双儿女早出晚归地摆摊儿赚钱，看着小香港月月沉默无声地带着周建平从小镇去了青岛、济南、杭州、北京……

周建平说："不治了。"小香港说："治。"周建平说："我没钱了。"小香港说："我有。"周建平说："那是你的钱。"小香港哭了，号啕大哭，哭得撕心裂肺，哭得那叫一个震天响，哭得周建平的命都要没了。

一九九七年，周建平来和小香港告别，说他要结婚了。小香港笑着送他走，没落一滴泪。

周建平摸着他的头发说："你怎么对我这么好啊，我不值得。"

小香港把头往病床前靠，好方便他摸："是你对我好，我这辈子没人珍贵我，只有我妈妈珍贵我，可她去得早，狠心留下了我一个人。爸爸说我是怪胎，喝点儿酒就拿铁棍打我。我十三岁就辍学打工，四处漂泊，任人欺辱。我活在这个世界上，就是一只孤魂野鬼，只有你不嫌弃我，尊重我，给了我一个家。我这一辈子，要说没白来，也只是因为有你和我妈妈的缘分。"

周建平笑着说："我哪儿敢嫌弃你，我长得那么丑，你长得那么好看！"

小香港也抹着鼻涕笑："你才不丑，你最好看！"

周建平说："你当年为什么不走？还留在这里做什么？"

小香港说："当年我从温州随你来，你给了我你所有的积蓄。你说你得为我负责，给我在这儿安个家。我哪儿也不去，小香港就是我们的家，我也想着总有一天要把这些钱还给你。"

周建平玩笑着说："原来是在这儿等着我呢！我的命贱，你的钱我可不要，这可是催命钱啊！"

小香港又哭了："这是救命的钱，别说是钱，就是拿我的命换你的命，我也心甘情愿。我的命不值钱，可你的命贵重。你要赶紧好起来，你还有老婆、孩子要养，孩子们多无辜。你这次要像个男人扛起来啊，不要像当年，就那么把我一个人抛下了。"

周建平也哭了："我对不住你，对不住如娟。"

二〇〇七年冬，周建平去了。

4

周建平葬礼那天，风特别大，但雪花很小，在天空里零零落落，如纸做的蝴蝶。

天色尚未清，周建平的父母、大姐，张如娟的母亲，以及家族中几位血脉亲近的男人来送周建平的遗体去火化。小香港也来了，是张如娟打电话叫他来的。他站在人群的最后，遥远地看着。殡仪馆说只能进三个人，张如娟转身跟小香港说："你带着两个孩子进去，看他最后一眼。"

小香港满眼惊恐，手足无措，连声推辞。张如娟坚持这样做，她的语气镇静平和，却果断干净："你听我的。"

小香港小心翼翼地将目光投向周建平的父亲，老人家低头不语，其他人也都默不作声。

小香港牵着周建平与张如娟的一对儿女的手进了火化室，六岁的小儿子周星星问九岁的姐姐周梅梅："姐姐，爸爸这是要去哪儿呢？"周梅梅不知道怎么回答，挂着泪珠抬头望小香港。小香港一手搂着姐姐，一手搂着弟弟，说："爸爸要和我们玩捉迷藏的游戏呢，他躲在另一个世界，那里有很多小天使和小怪兽，等有一天，我们会找到他的。"

葬礼结束后，按照风俗，周家要张罗一桌酒席宴请来送殡的亲朋好友，名曰"诀别酒"。小香港没有身份参加，转身要走，张如娟拉过一双儿女，让他们跪下来，给小香港磕了个头。

"这使不得。"小香港弯腰扶起他们，他曾缎子似的腰身已近佝偻。

"你别介意，老人们心里多少过不去。"张如娟态度寡淡如旧，"可这一年多来，你为建平舍了命似的，我们也不瞎，都看在眼里。"

小香港不知该说一句什么，此情此景，他一句话也说不出口。他鼻子泛了酸，不想让张如娟看到他的软弱，他转头离去，墓地里一排排参天的松柏将他掩埋。

他走了好久，风灌到脖子里，一刀一刀地割。

"我恨了你好多年！"背后传来女人的哭声，比寒风还凄冷。小香港站在原地，终于回了头，远远地，他看见张如娟追了上来，像一株孱弱的树，飘荡在一个小小的山头。

一九九七年，小香港被命运又一次抛弃的那一年。林大强来小香港的店里当学徒，他比小香港小五岁，一口一个师父地叫，去了的周建平，他也跟着叫师父。

一九九六年冬，林大强的母亲在"小猪圈"卖杂货，一个跟头栽倒在了地上，医生说可能是脑瘤，要动大手术。林大强人在外地当兵，家里只有母亲一人，小香港在街坊邻居那儿听闻此事后，去医院垫了钱，救了林母一命。次年，林大强当兵回来，林母说："大强啊，看人要看良心。"林大强说："我明白，小香港是真汉子。"

店里的学徒来来去去，只有林大强一待就是二十多年。其间又有关于小香港和林大强的风言风语，林母说："是非都在人心。"后来，大强娶了个理发师叫小桃，小桃听闻小香港的往事，对他愈加敬重。从此夫妻二人，勠力同心，流言即散。

大强说，人人都以为师父是意外出了车祸才成了今天这副模样，其实他是自己开车撞崖寻死的。因为出事前一晚，小香港曾给大强讲了一个故事，故事大致是这样的：

"幼时，我的母亲曾养了一对笼中鸟，它们结伴吟唱，虽是囚徒，苟且偷生，倒也偶得畅快。不料一日风雨大作，雄鸟淋了雨，病死了。雌鸟夜夜悲啼，不肯进食，不几日，也随雄鸟去了。我那时尚幼，不懂情深，只是朦胧间觉得应把它们葬在一起，又想着，要有一天，我能同我的伴儿同生同死，那真是这辈子最大的造化了。可惜天意弄人，他去了，我却没去成。"

大强说："你听，师父是不是早就有意跟着周师父去了。"

我长叹一声，未有言语。片刻，我又想起了什么，问他："张如娟与一双儿女后来如何？"

张如娟来过两次。

第一次，她是来给小香港道歉的。她说这事埋在她心里太久了，压得她喘不过气来。当年新婚夜，张如娟和周建平因琐事大吵了一架，气急败坏中，她把以前听到的流言蜚语都发泄了出来，大骂周建平和小香港是两个变态。周建平面红耳赤，悲愤交加，去河边独坐了一夜。张如娟以为他新婚夜弃自己于不顾，真的去找小香港了，便去找媒人大闹了一场。第二天，满城皆知，小香港是个二刈子。

小香港听着张如娟一悲一慈地倾诉，好像这些都是发生在别人身上的故事。他拍了拍张如娟的肩膀，安慰她说："没事儿了，都过去了。"

张如娟问小香港："有没有恨过建平，恨过我？"

小香港低头长叹："怨过，但没有恨。我也不能恨你，咱仨都是苦命的人。"

张如娟说："我也不恨他。我俩是中学同学，他念书好，心眼儿好，我其实稀罕他好多年了。那时我婆婆闹自杀，逼着他结婚，是我找的人主动去说媒的。我知道他不爱我，但他对我的好，我也说不出半个不字来。"

小香港说："要是以后有什么难处，你尽管来找我。"

张如娟说："不了。这么多年，你能一个人做的，我也能。只要不看见你，建平就还是我一个人的。"

小香港噙着泪，张如娟也是，都不怕对方笑话了。

第二次，是小香港出车祸后的第二天，张如娟带着女儿周梅梅和儿子周星星来给小香港送了一万六千块钱。大强推搡不过，他知道，这该是他们娘儿仨所有的积蓄了。

听说张如娟搬去了另一个小城，从此再也没有人见过她。

小香港总是糊糊涂涂的，偶尔清醒。大强说这样也好，他把世间的烦恼都忘了，这座小城也把他遗忘了。没有人再特别地瞩目他，他就像这座城里本来就长着的一棵树，一株草，一只飞鸟，自然而然地存在着。

他一辈子都只想做个普通的正常人，如今这愿望，终于实现了。

Beauty's
Decrepitude

美人迟暮

———

最是人间
留不住

朱颜辞镜
花辞树

《蝶恋花·阅尽天涯离别苦》
王国维

梦里，一个女人，她自山顶而下，飘过山岩，飘过溪流，飘过黄土，像一只无脚的女鬼，只有灵魂，没有肉身，轻荡荡的。

叁 美人迟暮

I

十三岁那年的夏天，我的童年结束了。

这是一个悄无声息的秘密：我的嘴唇之上冒出了一片淡淡绒绒的麦青，少年隐秘之地长出了一根根柔软却极具韧性的毛发。直到某天夜里，我写完作业，像往常一样同父亲母亲一起看电视，电视剧的名字早就模糊了，只依稀记得是关于南唐后主李煜与他的两位红颜——大小周后的爱情故事。谁知，那日待我睡后，荧屏里的大周后、小周后竟双双身着一袭轻薄白纱，顾盼风流、步履款款地入我梦里来了。罗帐层层，衣袂翩翩，我无师自通，与她们悱恻缠绵了起来，女人幽香的胴体清晰可见。

这样一件惊天的事，却仿若从未发生过一般。第二日醒来，大人们依旧视我为孩童，包括我的父亲母亲。他们看我的眼神，与昨日的我、十二岁的我、六岁的我，并无半分不同。

秘密却总是连着秘密。

时初夏六月末，天黑得比去年还要晚，知了叫得比去年还要吵。我同阿东在我们的桃花谷里玩得不亦乐乎。阿东是村子里唯一可以和我疯玩到很晚的伙伴，他的父亲母亲白天到城里打工，没人管他，只要晚上能赶在父亲到家前溜回去，阿东就永远是自由的。我更幸运些，母亲开明通达，除了学习，其余的事一概不管，而我的成绩也总能让她满意。父亲虽不懂教育，却给了我极大的自由，任我做海阔跃鱼，天高飞鸟。当日玩到夜里八点多，天上飘着的最后一朵云也看不见了，山口的老黄牛"哞哞哞"地叫唤着。阿东说，我们该回去了，老黄被牵走了。

我与阿东的桃花谷，是一处远离村子的小山坳。我的家乡地处丘陵山区，昆嵛山的余脉和连绵不断的低矮山丘错落相交，把大地分割成一块又一块大小不一的山谷。肥沃的地方被人们开垦成连片的农田，狭小僻远的，就成了大自然的遗珠——无人问津的山野了。桃花谷正是这样一处小小的土坳，它四面环山，封闭幽塞，南山自上而下有一条浅浅的小溪，溪水在谷地汇集，成了一滩弯弯的小河。每及春夏，河涧水里蝌蚪成群，河岸两旁山花生长，一团团萤火虫闪烁其中，几株野生的白杨树拔地而起，景色美不胜收。我与阿东几年前意外发现了这远离炊烟的世外处，便借曾读过的陶渊明的《桃花源记》，把此处命名为桃花谷。

在乡野里生活，时间是不用刻意计算的。槐树花开的时候，就是种落花生的好时节，地温刚刚好；桑葚熟了，就要割小麦了，麦穗一头比一头大；老黄牛哞哞长鸣，就是主人来牵它回家了，也是阿东该回家的时候了。我和阿东手搭着手往回走，远远地瞧见一个女人，正从山包之上沿着溪水一路向我们走来。

当下，我们看着那女人自远而近，面面相觑，不免暗自揣度，究竟是谁，也发现了我们这块风水宝地。阿东实在急着赶回去，生怕迟了会被揍屁股。我大人似的拍着胸脯对阿东说："你先走，我来会会她。"

她自山顶而下，飘过山岩，飘过溪流，飘过黄土，像一只无脚的女鬼，只有灵魂，没有肉身，轻荡荡的。不知为何，我却并没有半分的恐惧。那夜自南唐穿越入我梦来的大小周后，也是这样轻荡荡的。

太阳落了山，月亮依旧照得天地间一片通明。清辉洒在溪水的波光里、柳梢的叶尖上，如流光飞舞。我跟着她，并没有刻意躲闪。但她却好似一心要奔去某个地方，全然无视我的存在。终于，十几分钟后，她寻到某处坐下了，在溪水汇聚的终点，一个小小的天然水潭之畔。我得以仔细打量她的身影：月光下，先入我眼的，是她那裸露着冰肌玉骨的胳膊、脖颈，以及那雪白的、柔弱无骨的胳膊上几道血红的痕。那些伤痕，犹如一条条蜿蜒的红河，流淌在一片茫茫寂寥的雪地上。不知为何，十三岁的我竟感受到了一种窒息的哀伤，比那漫天的月光还清冷。我静静地坐下，在她身旁，我的心已在某个瞬间长成了一个男人、一个英雄、一个骑士，可喉咙里发出的却还是可气的、孩子般的稚嫩声。仿佛与她相识已久，我凝视着那些沁血的伤口，轻轻问："这里痛吗？"

她回头看了看我，两个眸子里，有两弯干净的月亮。

我是见过她的，在我母亲开的理发店里，她曾去剪过头发。她天生一双风流却清纯的杏子眼、两弯浓淡恰宜的柳叶眉、一张晶莹饱满的瓜子脸，肌理细腻，媚眼含羞，丹唇逐笑。人们见着她，说她真漂亮，待她弱柳扶风似的去了，仍有人痴痴地张着嘴，说这是真美人。

十三岁的夏夜之前，我对美的感知隐约而模糊，它一直被埋在泥土里。一夜春梦，生命的磅礴之力不可遏制地觉醒了，我对美的认知，也如一棵幼苗般破土而出。它将随我一生历经沧桑，感受女人的美、男人的美、世间的美、生命的美，渐渐生长，直至抵达与真、与善同在的纯净之地。

她开口叫我的名字——我的乳名。她原来也是知道我的，这让我有些骄傲，也夹杂着细细的紧张。

"乐乐，人活着真没意思啊。"她淡淡地、轻飘飘地说。我有些听不懂，她却觉得我懂她。

她接着说，继续说，一直说……我憋了很久，脸憋得通红。

我总该说一句什么回应她，可我好不容易才想出一句体己的话，她已径自说起下一件事了。我实在太累了，我的眼皮已经打起了架，好一会儿，她停了下来，不说话了。我才鼓起勇气说："我该家去¹了。"

"家去，家去好，家去好好念书。真羡慕你啊，念书真好！"她笑了笑，笑得很淡，我觉得真好看，我甚至有些害羞了。她说："你家去后不要跟人说在这儿见过我，这是咱俩人的秘密，好吗？"

那当然好，太好了！我们之间的秘密——一个美丽的、成熟的女人和我之间的秘密。回去的路上，这个秘密占据了我心灵所有的地方，早先那个恼人的、令我羞于启齿的秘密，竟悄悄消失不见了。

我心满意足地、美滋滋地回家睡觉去了，至于她那一晚说的那么多话，我连一句也不记得了。

又是一夜美梦。

第二天一早，母亲急匆匆地从门外进屋，跟父亲说："出大事了！村东头连喜家的新媳妇儿，柳小霞，昨儿晚在山里喝农药自杀了。"

1　家去：回家，华北官话的口语词。

2

柳小霞是被卖到村子里的，被卖的那一年，她刚满二十岁。

卖她的人，是她的亲父亲。

一九九八年，十九岁的柳小霞随父亲柳大庆、母亲朱红英自黑龙江一路南下，经吉林、沈阳、大连入天津，后又途经河北、河南，最后来到了山东。柳大庆夫妇膝下无子，一共生养了六个女儿。柳小霞排行老五，上头四个姐姐，底下还有一个十七岁的妹妹。柳大庆这个人，年轻时有一副好皮相，靠着女人吃软饭，过了几年好日子。等年纪长了，资本没了，便娶了同村的朱红英。朱红英姿色平平，还是村里屠户的私生女，但她嫁来时，整整带了六头母猪当嫁妆。夫妻二人都是出了名的好吃懒做，天天沉迷在小赌场里，坐吃山空。日子久了，俩人积下了一屁股赌债，走到哪里都好似过街老鼠，无奈之下，柳大庆只得带着六个女儿，开始南下谋生路。

等到了山东，六个女儿就只剩下三个了——大姐、三姐和四姐都被柳大庆沿路卖掉了。

柳大庆坚决否认那是卖女儿。他说自己又不是人口贩子，亲亲生养的女儿，怎么就成卖了？日子过不下去了，饭都吃不饱，他拉着一把老脸好说歹说才托人给女儿们找到了好婆家，至少能活下去。"我辛辛苦苦图个啥，还不都是为了丫头们好。"柳大庆说这些话时，真是动了情，圆滚滚的泪珠子马上就要掉出来了。

柳小霞反驳他说："那至少得听听姐姐们自己的意愿。"

柳大庆刚刚还潮湿的眼角马上就斜吊了起来，他轻蔑地瞥了一眼柳小霞，语气带着讥讽："都也不看看自己是什么命，天底下哪儿那么多情愿的事？"

柳小霞不甘示弱道："那你收人家男方那么多钱算怎么回事？"

柳大庆说："我就是养了这么多年的猪也不能白白送人啊。"

柳小霞说："你这就是在卖女儿！"

柳大庆恼羞成怒，一个大巴掌扇过来："我他妈要不是倒了血霉生了你们这群扫帚星，但凡有一个儿子给我养老，我还用像个乞丐似的四处逃难？"

柳小霞捂着被打红的脸，扭过头看看母亲。朱红英只顾自己偷偷抹泪，连看都没看柳小霞一眼。

六姐妹中，长得最好看的就是柳小霞，最聪明的也是柳小霞，最有个性、敢于反抗的还是柳小霞。但这样的柳小霞，万万没想到，自己就这么轻易地被柳大庆卖掉了。

一九九九年十月十九日晌午，一大群人熙熙攘攘、吵吵闹闹地挤进了柳大庆租的一间小破屋子里，房梁上的灰从半空里落下来，一罅光线里，满是浮游的尘。王连喜的父亲王全福递给了柳大庆一个铁盒子，柳大庆打开盒子，朝大拇指吐了口口水，眼珠子一转不转地数起了盒子里的钱——一共四千六百块。

王全福说："老柳啊，这可是我们老王家上上下下三代人全部的积蓄啊！"

柳大庆的嘴角都咧到耳根子了："瞧你这话说得，以后咱就是一家人了，钱在我这儿也是一样呀，你们说是不是？"

柳大庆仰着脖子环顾四周，意气风发。王氏众人连连点头，谄笑逢迎。王连喜站在一旁，沉默不语，百感交集。他昨夜亲眼瞧见父亲抱着那铁盒子到爷爷坟头儿前哭了一场，心中羞愧不已，却又着实激动难耐，他王连喜终于讨上媳妇儿了！他曾偷偷瞧过她一眼，真真是天仙一样。

朱红英在里屋抱着哭泣的柳小霞，安慰道："别哭了，丫头，这都是命！"

一九九九年十一月十二日，村里算命的人说那天是个好日子。柳小霞凤冠霞帔，十里红妆，出嫁了。

王家着实下了血本。王连喜带着柳小霞去了城里最时髦的理发店——小香港——烫了头发；沿路的男女老少，不管是哪个村儿的，只要迎上来说上一句漂亮话，都能分到几块香甜的糖。一时间，几个村子的百姓们站成一排，首尾相接，井然有序，目光所及之处不见尽头。王全福终于呼出了一口长气：王家祖祖辈辈几代人被他丢出去的脸面，今儿个都靠这个女人挣回来了。

他扯着嗓门呼喊，唤众人来吃糖，那气势，奔流汹涌，浊浪排空。

柳小霞坐在轿子里，依稀听到外面几个村妇在交头接耳："这是一个女人一辈子最风光的时候了。"柳小霞闭着眼睛，她回想起自己轻贱的一生，也有过那么风光的一刻：那年她刚过完十岁生日，正在念小学四年级，期末考试，她又考了班上的第一名，心里欢喜得不得了。那时她并不知道往后的蹉跎命运，甚至都不知晓那是她读书的最后一天。老师笑着鼓励她站到讲台上，给大家朗诵一遍自己的满分作文。柳小霞羞答答地张开口："我的作文题目是《我有一个梦想》。"

同学们掌声雷动。

3

柳小霞被救回来了——她没死成。

或许她还是怕死，或许是农药年份久了失了效，也或许是王连喜及早地发现了她，总之，她被连夜送往医院抢救，洗了胃，人救回来了。

柳小霞身上的伤不是王连喜打的，是她的父亲，柳大庆。柳小霞听说父亲瞒着十九岁的六妹替她物色了一个夫家，那男人有皮肤病，六妹知道了，打死也不嫁。那天傍晚，邻居们看到柳小霞气冲冲地进了柳大庆在村子里新盖的砖瓦房，不一会儿，柳家便硝烟四起，人们只听得到几个女人的哀号。

柳小霞虽然被救回来了，但被救回来的柳小霞却完全变成了一个新的人。好似原来的柳小霞真的死了，现在只是被另一个女人附了身。

以前从不出院门半步的柳小霞，如今天天穿红着绿地往人堆里钻：棋牌室、杂货店、集市场，哪儿哪儿都能瞧见她的影子。以往总是低头匆匆疾走的柳小霞，现在老远见了人就咧着一口白牙笑嘻嘻地迎上前，一口一个大娘、一口一个大哥，叫得人心都化了。王连喜管不住柳小霞了，以前是柳小霞自己不想出门，院子便能锁住她，如今她想飞出去了，那锁就跟纸糊的一样，一碰就碎了。

柳小霞迷上了打麻将，这不足为道。但奇怪的是，几圈麻将下来，每日她总能赢上几十块钱，赚得比外出打工、上班的人还要多。起初，人们觉得真是小瞧了柳小霞，大家都说，柳大庆、朱红英这么一对赌鬼夫妻，生的女儿果然也不是个善茬儿。但日子久了，有人便瞧出了猫腻，柳小霞的牌搭子，转来转去总是那么几个固定的男人，风言风语便如燎原之火，一发不可收拾：谁谁谁说瞧见了谁谁谁在桌子底下用脚勾搭柳小霞的小脚，谁谁谁又看见了谁谁谁出牌时顺势抠了抠柳小霞的手心儿，还有人瞧见了柳小霞某天夜里出门时没穿奶罩，那奶子一抖一抖的，哪个男人见了还能专心。

流言日日传、月月传、年年传，可到底谁手里也没有个真凭实据。柳小霞听见这些话就跟没听着一样，照例每日花枝招展地出门去。王连喜也好似从没听过这些闲话，每日天不亮就外出打工，天黑透了才晚晚归来。

农村里的闲话也不是专门针对柳小霞，笑话也不是特意为了羞辱王连喜。新的谈资总是一个接一个。慢慢地，在人们都要忘了关于柳小霞这些有的没的的风流韵事时，柳小霞却真出事了。

李建军的老婆牛巧丽带着八岁的儿子打上了门，她一边踹门，一边破口大骂，骂柳小霞是荡妇、婊子，总之什么难听骂什么，柳小霞坐在屋里，一句话也不肯说。直到牛巧丽扯着嗓子在门口大喊："你们真是一窝子骚货，从你娘到你姐，满家的公交车。"柳小霞"嗖"地起了身，拿起一把刮鱼用的剪刀，冲出了门。两个女人扯着头发扭成一团，那股狠劲儿，谁也不敢上前拦，都怕一个不小心被她俩生吞活剥了。牛巧丽的儿子站在一旁哇哇地哭，这时王连喜回来了，他先是把孩子拉到隔壁的王婶家，说不该让孩子见着这种场面，又折身返回劝架，奋力把二人拉开。牛巧丽对着他拳打脚踢，一口一句地骂："窝囊废，连自己娘儿们都管不住，满村地勾搭男人，你他妈真是个窝囊废。"柳小霞见着了王连喜，刚刚还要吃人的脸，瞬间哭得梨花带雨，恨恨地也骂起王连喜，为何不帮着她打牛巧丽。王连喜满脸的血沟子，已分不清是谁抓的。他一声不吭，木头似的挡在中间，两个女人都比他高出一头，那画面，滑稽之中竟让人生出了几分心酸。几个汉子着实看不下去了，冲上前帮忙拉架，好一会儿，终于把她们分开了。

牛巧丽带着儿子走了。夜里，人们都竖起耳朵，等着王连喜家这晚的动静。蝉噪林逾静，鸟鸣山更幽，等了一整夜，乡野的狗吠声连绵不绝，王家却悄无声息。这让人分外好奇，又满是不屑。有人说，这王连喜也太能忍了，绿帽子都戴到眼前了，怪不得柳小霞瞧不起他，真不算个男人；也有人说，可能王连喜那家伙确实不行，太小，满足不了柳小霞，他也没脸怨人家。

日子就这样缓缓地流，无声无息。几个月后，村子里又发生了一件大事——李建军死了。

关于李建军的死，乡亲们众说纷纭。最具体可信的说法是，李建军的老婆牛巧丽来和柳小霞大闹一场后，柳小霞便再也不与李建军来往了。但过了不多久，李建军又在外面勾搭上了另一个女人，那女人还怀了孕，赖上了李建军，向他索要五万块钱的分手费，否则就要到单位闹他。李建军在县城的卫生防疫站工作，对农村人来说，那是吃皇粮、当大官的，身份显贵得很。李建军东凑西借，却怎么也凑不齐这么多钱。没办法，他偷偷做了假单据，挪用了一笔公款，几天后，竟被人举报了，单位要审查他，李建军想不开，半夜拿了一条牛皮绳子，在村子后山的林子里，上吊自杀了。

李建军一死，人们再谈起他时，所有的是非对错似乎都无足轻重了。人类天性中的善良在生死之处再一次苏醒，人人纷纷嗟叹命运无情，以一声叹息为他的一生做了最后的注脚。

与此同时，柳小霞也消失了。她离开了这个村庄，去了县里。据说，她二姐在县城开了一家五星大饭店。

4

一九九九年六月，柳小霞的二姐柳小秋被父亲指婚给了邻村的瘸子刘有才。五年后，柳小秋进城里卖卫生纸时结识了做日化品买卖的沈会生。二人眉来眼去，日渐情深，不可自拔。柳小秋要死要活地同丈夫离了婚，沈会生却临门一脚打了退堂鼓。人家老婆找上门来，二话没说，甩给了柳小秋五万块钱，让她有多远滚多远。

柳小秋该哭哭该闹闹，见沈会生对她愈发冷淡，果断收了手，拿着五万块钱，在县城开了一家小饭店。饭店虽小，名字起得却大，牌匾上题着斗大的五个字：五星大饭店。

柳小霞与六妹柳小女投奔二姐而来，三姊妹起早贪黑，把小饭店经营得有声有色，五星大饭店声名远播，真真是要压过那些名牌饭店一头。

柳小霞隔三岔五地回村子里来看看女儿，打扮得一回比一回富贵。往日那个羞答答如清水芙蓉般的柳小霞不见了，那个俗艳艳如红花绿柳似的柳小霞也不见了，如今的柳小霞在县城里最时髦的小香港理发店烫染了一头落栗色的大波浪卷发，戴着一顶鸦青蕾丝边大盖檐礼帽，一身金粉缎子起紫团花的新旗袍，白嫩嫩的脚踝裸在一双宝石蓝的皮靴子外，活脱脱一个西洋归来的贵太太。往日那些背地里常对她指指点点的大娘、大婶见了她，赶着上前问声好，她却像看不见，一阵风似的径自飘过去，把留在原地的人臊得满脸通红。柳大庆见了女儿也不禁变得唯唯诺诺，愈发地伏低做小，生怕惹着眼前这位往家掏钱的姑奶奶，一个不小心得了什么坏脸色影响了她掏钱的心情。

柳小霞见谁都是一副趾高气扬的样子，独独面对王连喜时，她的神态才平静些。夫妻二人多余的话倒也没有，只是柳小霞每每临走前，都会紧紧地搂着三岁的女儿，独自抹上好一会儿眼泪，一边往女儿的手里塞钱，一边幽幽地说："又当爹又当妈的，你也受累了。"

柳小霞这话是说给王连喜听的，但她说话时从不看王连喜一眼。王连喜多半只是听着，脸上看不出任何表情。

柳小霞正风光的时候，柳大庆却病了。他正吃着饭，一头栽倒在地上，再清醒时，已是半身不遂，瘫了。朱红英每日伺候柳大庆吃完饭，就急匆匆地出门了。一个月不到，人们议论纷纷：朱红英和邻村的鳏夫老刘头搞到一起去了。瘫在炕上的柳大庆恼羞成怒，骂得那叫一个难听，朱红英索性也不遮掩了，与老刘头光明正大地走在一起，俨然一对恩爱夫妻。

柳小霞虽然对柳大庆已无半分感情，但对母亲的行为也满是不快。她劝朱红英收敛些，朱红英却语重心长地对她说："这女人啊，命就跟棉花一样，不依傍着男人，是活不下去的。"她这么说着，又满面春风地转过身去摸了摸女儿给她买的新衣裳料子："你啊，就是打小儿心气高了些，才活得这么苦命。"

柳小霞说："娘，我年轻时，总觉得是爹毁了我一辈子。如今回头看，其实把我们六姊妹推上不归路的，是你呀！"

朱红英听不懂柳小霞在说什么，她白了眼前这个"不争气"的女儿一眼，扭着肥大的腰身，径自往老刘头家里去了。

二〇〇七年，为文明迎接奥运会，全国上下开展了一系列扫黄打黑的执法行动。接到群众举报，柳氏三姐妹的五星大饭店被查封了，三个人被行政拘留了十五天。这件事传回到村子里，大家全都傻了眼，原来这柳家仨女儿，表面上做的是饭店买卖，背地里干的却是卖淫的勾当。

柳小霞回村的那天，整个村子里弥漫着一股诡异的气息。

心思善良的人替柳小霞感慨窘迫，心里嗟叹，她该怎么面对丈夫和女儿；心思恶毒的人怕柳小霞回来坏了村子的风水，质问她为啥不死在外头。但大多数人，不过是眼巴巴地等待着，准备瞧一眼笑话。

一辆黑色的轿车停在村口，柳小霞从车子上缓缓地走了下来，一个男人送的她。车停的地方，污渍斑斑，泥泞不堪，连个下脚的地方都没有。昨日刚落了一夜小雪，今儿个被太阳照了一天，雪烂在泥地里，全化了。

从下往上看，柳小霞脚蹬一双缎绒面的黑筒长靴，披着一件翻领束腰的银色织锦大氅，脖子上裹着一条缃色毛绒颈巾，几缕青杏色流苏悬在其上飘摇荡漾。她云鬓上别了一支玉簪子，耳垂挂着两串红玛瑙。她在车窗前俯身与那男人笑吟吟地挥手作别，转头便腰身轻摆地朝家里去了，丝毫不在意那金贵的鞋面上已满是泥泞。围观的众人看得瞠目结舌，皆是大眼瞪着小眼，都还没反应过来是怎么一回事，柳小霞已经带着满身的香气，飘散不见了。

吃过牢饭的女子，柳小霞是村里的第一个。但她那一身的气势，让人十足有些恍惚，横看竖看她也不似那流落风尘屈辱悲情的杜十娘，反倒像替父从军荣归故里的花木兰。

归来后的柳小霞，犹如当初做新嫁娘，常日闭门不出，偶尔出门，必是盛装打扮。人们见了她，只敢背地里悄悄议论几句，却不敢近身，大有些敬畏了。

柳小霞事事历尽，有心过相夫教子的寻常日子。王连喜日日早归，太阳刚落到西山，他便收工返家，一步一生机。

世间好物不坚牢，彩云易散琉璃脆。

这样平静的日子不过三年，某天夜里，柳小霞正睡得酣然，却被王连喜一阵阵急促的喘息声惊醒。王连喜犯了心脏病，一句话也没有，猝然去了。

5

娶了柳小霞后，王连喜走在路上，腰板儿都挺得笔直。他粗厚的肩膀略略往后移，把脖子抻得老长，像一只雄赳赳的鹅。若是分辨得仔细，好似三十五岁的他真的长高了那么一厘米。

起初村子里的男男女女见了他都是连连贺喜，这贺声里既有乡民们淳朴的祝福，也多少带着些嫉妒戏谑的口气。但没过几日，两三个游手好闲的青年便按捺不住浑蛋的做派，一路跟在王连喜身后喊："大郎，能满足你媳妇儿不？需要兄弟们的地方可千万别客气！"他们一边说着，一边摆出"老汉推车"的淫荡姿势，路边田地里几个正在收花生的女人瞧见了，嘴上咒骂起了这几个浑小子："这些狗日的，净是满嘴胡诌。"转头她们的身子便埋在墨绿的花生地里，传出时高时低的窃窃浪笑声。

王连喜黝黑的脸红了又绿，绿了又红，他想回骂几句，却愣是没憋出一个屁来。日头都掉到山底下了，田里、路上一个人影都没有了，他才默默地扛起了锄头往回走。他的肩膀又恢复到了前塌的姿态，举着脑袋的脖子也耷拉了下来。他明白了一件事：即使娶了柳小霞，他在人们的心里，依旧是个侏儒。

王连喜三十五岁还没讨上媳妇儿，成了村子里的大笑话。人们说起他时，都已经忘了他的姓名，只提一句"那个老光棍儿"，便知道就是他了。自二十一岁那年开始，十四年来，附近村子里能相的姑娘都相遍了，连隔壁一只眼有隐疾的莲珠都不嫁他。在农村，比起眼疾，个子只有一米五六的王连喜更让人轻鄙，男人们要靠劳力活下去，王连喜犹如残障。

一米五六的王连喜娶了一米七三的柳小霞，没法儿教人不议论。现代版武大郎和潘金莲的故事在这个小村庄上演着，数百年过去了，人性的美丑并无半点儿不同。

王连喜自个儿心里也明白，他对柳小霞有愧。新婚那晚，他解开柳小霞的衣襟，匍匐在她身子上，紧张得发抖。他感受到身下的柳小霞也在抖，那白嫩的身子，抖得更厉害。柳小霞抽搐得越来越激烈，吓得王连喜急忙起身开了灯，见柳小霞正咬着自己的手，满手血红。他打了一盆水给柳小霞擦净了手，替柳小霞掖好了被子，独自坐在炕脚，空空到天明。

他有一种预感，一个洁净的女人将会一步步死去，而自己恰恰是那个沉默的帮凶。

他只能对柳小霞千依百顺地好，捧在手里怕摔着，含在嘴里怕化了，地里的活儿不用她干，锅里的饭不用她煮，什么都先尽着她。他日日晚出早归，生怕她做不了这穷笼子里孤寂的金丝雀，哪天跑了，飞去那王连喜够不着的天空。

但是是鸟总要飞走的。

村子里满是柳小霞的流言蜚语，李建军的老婆打上门来，再后来，柳小霞在外做了卖淫女，王连喜的心终于死了。他知道，柳小霞永远都不会看得起他。

他日复一日地闷着头干活儿，他铆足了劲儿证明自己也能干得比别的男人多。星星还亮着的时候他就出了门，星星都亮了他才肯回家。没有人在白日里的路上再见过王连喜，年复一年，人们终于改了口："看看人家王连喜，好一个劳力王连喜！"

靠着这份自己挣来的尊严，王连喜麻木地喘息着，苟活着，他已经习惯了这种活法儿，和他还是少年时、是侏儒时、是光棍儿时、是柳小霞无能的丈夫时，活得并无半点儿不同。他终于在某一刻顿悟了这个道理，反而像开了窍一般，对命运再无半点儿挣扎。

王连喜，也是读过书的。

他十岁时，和同学们的身高还显不出可以被歧视的差距。那一年，老师问班里的小朋友，每个人的梦想是什么，轮到王连喜时，他羞怯地站起来，挺直了身子说，长大了想当一名好大夫，救助这个世界上每一个受苦的人。

6

我是在去做核酸检测的路上遇见的柳小霞。

她的脖子以下，似一只胀了气的肥大气球，走起路来晃晃荡荡的。一件涤纶料子的褐色大码连衣裙套在她身上，将她肥阔的腰肢和两条粗壮的大腿紧紧地勾勒了出来，整个人愈发显得臃肿不堪。蓬乱的短发在风里颤动着，掩映着一张蜡黄暗沉的脸。唯有那双眼睛，还能依稀分辨出她往日的神采与丰秀。

她已完全变成了另一副模样，如若不是亲眼所见，恐怕没有人会相信她曾是艳冠十里的柳小霞。可我远远地，一眼便认出了她。

说起来，我们也算是故人。

她见了我，眼神里抹过一丝藏不住的惊恐和慌张，犹如一刹那穿越了时光的隧道，她惶惶不安地重见到了年少的自己——那个月光下的柳小霞。

我先冲她笑了笑。

她也跟着笑起来："回家来了？"

我说："嗯，过年回来了，疫情封了城，没能走。"

她尴尬着不知道该再说些什么，就这样从我身边走过去了。我能听见她沉沉的喘息声。

回了家，我跟母亲说，我遇到柳小霞了。母亲叹了口气说，她也是个苦命的女人。我神色诧异地形容了一番她如今的样子，母亲说，当年她从牢里回来时，依然强撑着满身的风流。倒是王连喜死后，她却一夜衰老了，从此脂粉不施、蓬头垢面，那股活着的劲儿，没了。

是夜，夏风习习，我又做了一场梦。

梦里，一个女人，她自山顶而下，飘过山岩，飘过溪流，飘过黄土，像一只无脚的女鬼，只有灵魂，没有肉身，轻荡荡的。

她唱着歌，啾啾啭啭、清清亮亮，她唱道：

> 她宛若一朵雏花呀柳小霞，
>
> 她念书得过第一呀柳小霞。
>
> 她以死相逼过呀柳小霞，
>
> 她流言里葬身呀柳小霞。
>
> 她被父亲卖了人呀柳小霞，
>
> 她被母亲断了魂呀柳小霞。
>
> 她做了娼妇呀柳小霞，
>
> 她红尘里贪嗔呀柳小霞。
>
> 她一生游荡呀柳小霞，
>
> 她被爱过啊，柳小霞。
>
> ·············

翌日早，我醒了，竟清晰地记得这一场梦。

我有些伤感，也有些疑惑，为何会梦到她，又为何会梦得如此深刻。诚实地讲，自十三岁那场夏夜偶遇后，在我匆忙而漫长的光阴里，这个女人的身影早已被我忘于九霄云外。她从不曾是什么显赫的人物，与我的生命也再无半点儿瓜葛，可一旦有人说起她，那天清白的月色下，那个眸子里都是月亮的女人，便从我的记忆里清澈地复活了。

她盈盈地走到我的眼前，挥之不去。

Reunion

小团圆

———

欲买桂花

同载酒

终不似

少年游

·

《唐多令 · 芦叶满汀洲》

刘过

我意识到，关于死亡，我们所悲伤的，并非那个死去了的客观存在的肉体，而是我们与这个鲜活的生命曾建立的一切情感连接，都将消散不见了。

肆 小团圆

I

今年除夕，风雪尤大。

母亲嘴上念叨着："如今这年，一年不如一年，半点儿年味都没有了。"她这样说着，手下那些金黄的面团子却一个赛一个地滚圆，从她手里揉搓出来，个个憨态可掬。母亲小心翼翼地为它们每个下面都垫上了一张干玉米叶子，它们便成了有床榻的婴孩。我瞧着可爱，也起身帮忙，将小家伙们一个个整整齐齐地摆放在热炕头上，盖上厚厚的棉被子。憨憨地熟睡了四十分钟后，面发醒了，刚刚还清瘦结实的面团，已是体大如碗，白白胀胀。入了锅，又整一个小时，它们咧着大笑的嘴，出锅了。

按家乡习俗，除夕这夜，家中男丁要居北向南地摆上一桌贡品，贡桌最中央的位置，要奉上八个大饽饽，饽饽越大，越白，咧得越开，越是说明子孙香火旺盛，祖先昌盛清明。母亲蒸的，正是一锅面贡。

父亲从门外进来，顶着满头浮雪。"真是多少年没下这么大的雪了。"他感叹道。

"二楼的窗户都还没擦，你也不帮帮忙，又干吗去了？"母亲一边舀着锅里的沸水，一边责怨。

"哈哈哈，你看看，你出来看看。"父亲也不恼，闪进里屋，孩子似的欢喜雀跃。

我与母亲一同到客厅，看到各式各样的烟火堆了满地。母亲眉头紧蹙，我却乐得不行。母亲甚是厌弃这些东西，父亲又不是不知道，却还当什么宝贝似的炫耀。

"现在都不允许放爆竹了，你还弄回来这么些。"母亲抱怨。

"城里不许放，咱们这里还是可以的，嘿嘿！"父亲转过头，冲我羞赧地一笑。

我们搬家后，从村子里迁到了远郊一处依山之地，无论春秋，每日晨起，百鸟齐鸣，松歌柏动，虽少了些炊烟喧嚣，但自然之乐尽显，别有一番风味。

当日下午，不过五点钟，天竟已昏昏沉沉地要入睡了似的，喑哑朦胧。父亲跑过来跟我说："走，咱俩放鞭去。"

我从炕上蹿了起来，穿上棉衣，随父亲到后山的一处荒野去。母亲在厨房里头也不回地冲我们大喊："玩完早点儿回来！"

连日的雪已在地面垒了近两尺高，邻居们每日清扫，在各家门口及附近扫出了一段段羊肠小路，段段相连，如一片荒无人迹的白茫茫高原里露出了一条条蜿蜒。我跟在父亲身后，一步一个脚印，生怕一个不小心，踩偏了脚，栽倒在旁边的雪窝子里。

到了后山平地处，视野陡然开阔。雪花仍轻轻洒洒地在空里飘荡着，一望无垠的白扑朔迷离。暮色昏沉，天空被大块大块的阴云覆盖，云边泛着神秘的暗红，雪地映照出另一种通亮，天地间宛如一幅异世界的末日景象。我从未见过这样的情景，当下不禁屏住呼吸，惊叹自然界之鬼斧，敬畏造物主之神奇。父亲拿出了两支手持的烟火，这还是我童年时常见的款式，他点燃了一支，"吱"的一声，那烟火向天上去了，金黄的火花在暮光时分异常绚烂，它盛大地绽开，又迅疾落幕，千万粒碎金子自天空奔涌而下，一时好似熔金流火，一时又胜星辉万颗，飞雪为它伴舞，凛风为它吟歌。我抬头仰望，这人间风景在我眼眸里复现。

父亲打电话给邻居连胜叔，让他带上孩子一起来放烟火。不一会儿，连胜叔就带着左右邻居七八个人纷纷前来了，母亲竟也被连胜婶拖了出来。一时间，百鸟朝凤、满地飞红、双阳当空……各式各样的烟火被男人们点燃，在天上争奇斗艳。女人们手挽着手笑嘻嘻地看着，孩子们像一只只正在玩捉迷藏的小豹子，围绕在大人们身边穿梭旋转。天上的热闹和地上的欢笑连在一起，让人不免感叹：年味虽然淡了，可人们心底依然需要个年。

七岁的球球跑到我面前，从口袋里掏出了一个小小的方盒，奶声奶气地喊："乐乐哥哥，你能陪我放这个吗？"

我摸摸他的头，把小纸盒接了过来，仔细一看，竟是我小时候常玩的一种鞭炮——摔鞭。这种长得像小蝌蚪模样的小小爆竹，多用的是白色或五颜六色的薄薄的纸包裹着些许氯酸钾和赤磷，不必点燃，只需手捻、脚踩或随手那么一摔，均可发出清脆的噼里啪啦的声响，即使是摔到人身上炸响，也不会留下任何的痕迹。因为便宜、方便和安全，这种小摔鞭曾在我的童年玩伴中大为流行，但不知自何日起，竟很难再寻获它的踪迹了。烟火已非寻常物，这些粗糙的小物件，更是被淘汰在历史的角落里，供一代人偶做缅怀罢了。

球球兴奋地在雪地里跑着，他抬起肉乎乎的小胳膊，铆足了全身的力道，朝地面扔下摔鞭，许是地面太潮湿，又或者是球球经验不足，几次下来，摔鞭都没有响。大人们注意到他，开起了他的玩笑，孰料，球球被人笑恼了，竟一屁股蹲儿坐在雪地里，号啕大哭了起来。

我瞧着球球滑稽的样子，一时哭笑不得。忽然，我的记忆闪过片刻的恍惚，这样的场景似曾一模一样地出现在我过往的生命里。一个模糊而相似的身影穿越层层飞雪，浮现在我眼前。

是阿东。

2

阿东是我童年的邻居，是我儿时最亲密的玩伴。他虽只比我大一岁，但在我的记忆里，阿东却是无所不能的。

第一次玩摔鞭，便是阿东教我的。也是这样一个飘雪的除夕，也是在一片白皑皑的雪地里，阿东从布袋里掏出一把糖果似的小豆子，颇为神秘地跟我说："过来，教你玩个好东西。"他说话总是一副大人的气派，雄赳赳地，走起路来腰板儿挺得笔直，连脚步声都显得铿锵有力。

阿东会捉鱼，抓泥鳅，钓乌龟，但这些事颇为复杂和讲究技巧，我是学不会的。我唯一擅长且喜爱的夏日活动，是捉蝌蚪。傍晚时分，暑气消散，我与阿东挽上裤腿，脚丫子踩在河涧里，溪水清凉，脚底的鹅卵石却温暖极了。阿东把一张别人扔掉的废旧蚊帐剪成了一个不大不小的白色渔网，细细密密的网在水流里飘逸轻柔。阿东耐心得很，他两只手撑着网，跟在一群乌压压的小蝌蚪后面，一步一步，将它们逼到角落处。小蝌蚪们浑然不觉危险已临，只是在愈发逼仄的空间里加速地游着。这时，阿东在网子的右角故意露出一个口子，我拿着一个宽口玻璃瓶蹲在露口处，见雀张罗，那成群结队的小蝌蚪就滑溜溜地入了贼营，自投罗网，全进了瓶子里。不过十余日，被我们养在缸里的小蝌蚪就长了脚，阿东总是会选一个缠缠绵绵的小雨天，领我去溪水旁，将它们一一放生。

　　我最艳羡的，是阿东爬树的本领。到了十一二岁，阿东已四肢修长如猿，他总是干干瘦瘦的，却并不羸弱，常年帮他父亲耕种劳作，他的胳膊和小腿肚子已显出了鼓鼓的肌肉轮廓。他爬起树来"噌噌噌"地一路上蹿，他爬到树上看喜鹊筑的巢，看里面张着幼黄的小嘴嗷嗷待哺的小鸟，我却只能在树下干着急。一次，我实在好奇得不得了，我说："阿东，你把那巢取下来给我看一眼，或是取一只小鸟下来也好。"阿东说："那可使不得，祖宗说了，莫打三春鸟，它们且小着呢！"

　　自上学读书后，我的功课一直很好，阿东的成绩则时高时低，常常垫底。当下被他这样教育了一番，我却心服口服。

　　不过阿东爬树再快，也没有狗跑得快。某年秋天，阿东常去喂养的一只流浪猫被村里的一户人家打死了，阿东找那人理论，那人说猫发了春，天天鬼叫，吵得人心烦，早该死了。阿东气不过，也打不过，他忧愁了好几日，总是落落寡合。终于在某天下午，他悄咪咪地找到我，说有一个危险的大计划，问我敢不敢和他一起。我素日怯懦，但一听他是要为猫报仇，顿时义从心头起，勇自胆边生，况且是为好兄弟两肋插刀，这样的壮举怎可推却。我一脸大义凛然地追随他，阿东也满是孤勇悲怆，我们兄弟二人，便向柿子林里去了。

打死猫的那户人家，在离村子不远处种了一片柿子林。正值柿子将熟的季节，阿东决定带我去偷柿子，以报杀猫之仇。

阿东只穿了一件长袖单衣，他把上衣脱下来做成了临时的兜子，光着膀子就蹿到树上去了。阿东负责爬树摘柿子，他将柿子扔下来，我负责捡拾，并充当放哨人。风簌簌地吹着，林子里一时鸦雀无声，阿东摘得飞快，我捡得紧张。我们都遗忘了时间的存在。正当我们忙得不亦乐乎之时，突然几声犬吠从远处飘来，我心里一惊，竖起耳朵静听，果然，是狗的声音。我吓得半死，手里的柿子扔了满地，我不敢大声喊，只能仰着脖子朝树上轻轻地唤："阿东，来人了，快跑！"

我喊了几声，阿东爬得太高了，他好像听不到我的声音。我心里害怕极了，只觉得那狗马上就要出现在我眼前。我顾不得那么多，又大声喊了一声："阿东，快跑！"喊完，我就撒腿先跑开了。这次阿东倒是听到了我的呼喊声，但这喊叫，也把林子的主人和狗喊来了。本来他们还不确定我们的具体位置，这下可完蛋了。

我一口长气跑回了奶奶家，跑得比豹子还快。进了家门，我才敢停下来，只觉得肠胃都要被我吐出来了。好一会儿，我才冷静了下来，发现自己还抱着阿东的衣服做成的兜子，兜子里满是青黄的柿子。我赶紧打开奶奶的柜子，那是一个老式的梨花木柜，里面藏着的都是奶奶最喜欢的衣物和被褥。我把柿子藏在柜子最底层的冬被里，生怕被人发现。我等啊等，等啊等，等到天都黑了，奶奶从菜园里回来了，却依然没有人来抓我。我提着的心这才慢慢平复下来，一路探着脑袋，回家去了。

到了家，妈妈跟我说："阿东又闯祸了，人家老朱都找上门来了，说阿东去偷人家的柿子，害得阿东爸妈好一个赔礼道歉。"我臊得满脸通红。妈妈又问我："老朱说阿东肯定还有同伙逃跑了，不会是你吧？"我大声嚷嚷着："才不是我，我在奶奶家，不信你去问奶奶。"

当晚，我辗转反侧，一夜难眠，心下想着，阿东必然没有把我供出来，自己担下了一切；又觉得自己是个逃兵，还撒了谎，越想越是羞愧，眼泪都要流出来。我坐卧难安，起身又穿上了一件小褂，把阿东的衣服藏在小褂里，翻墙出去，偷偷地潜进阿东家里。阿东爸妈都睡着了，我蹑手蹑脚地进了阿东的小屋。

"阿东，你睡了吗？"

阿东趴在炕上，屁股朝天。他扭头看见是我，咧嘴笑了："没呢，我爸打我得屁股疼。"

我走上前去，摸了摸阿东的屁股，眼泪终于掉下来了："我做错事了，你骂我吧，都是我的错。"

我越说泪珠子越大，仿佛挨了打、受了委屈的是我似的。

阿东见我这样，赶忙起了身，笑我说："多大的人了，这么点儿事还哭鼻子。我爸就是怕要赔钱，在那人面前做做样子，他心里明镜似的。那人随便杀害生命，就是他不对。再说，咱们不是报仇了吗？"

我说："那你疼吗？"

阿东说："一点儿都不疼，不信你看。"他边说着，边用手使劲儿拍了下自己的屁股，却"吱哇"地叫了一声："妈的，好疼！"

这下轮到我笑出声了。

偷柿子事件就这样慢慢被遗忘了，直到约莫两个月后，奶奶将过冬的被褥拿在日头底下晒晒，却发现被子上长满了霉斑，被角儿全烂了。

我藏在里面的柿子，熟透了。

3

童年是美丽而短暂的。

不久，我就念了高中，住校了。阿东没有考上高中，他去了我们小城的一所职业技术院校。这期间，我们还常常写信，我读高二时，阿东写信跟我说，他谈恋爱了，女朋友是他的同班同学，人娴静又漂亮。那年冬天，阿东笨拙地给自己的女友织了一条围巾，满是少年的气息。他信里说，给我也织了一条。我满心期盼着，等见了礼物，却是又感动又气恼：那围巾，洞比毛线还多。

又一年，我考上了大学，阿东也毕了业，听母亲说，他常常与他父亲争吵，不多久就一个人随着外出打工的老乡去了广州。

也不知道是具体的哪一天，总之，自某一天起，我和阿东就彻底失去了联系——什么事情也没有发生，我们就那样自然而然地失去彼此了。后来我才知道，那些曾在你生命中热烈走过的人，大都会这样无声无息地离去。

最后一次见到阿东，是我参加工作后的那年春节。时值大年初一，风雪满城，天刚刚有些亮色，大伯便早早地来唤父亲与我回村子里，向亲族里的长辈们拜年。早上九点多，挨家挨户地拜完年后，大伯与父亲要去打牌，我一个人撑着疲乏的眼皮往回走。雪花漫天漫地，我把羽绒服上的帽子扣在脑袋上，踏着厚厚的积雪，低头默默缓行，满脑子只想着能赶紧回家补上一觉。积雪甚厚，人们只清扫出了一条宽不过一米的小路，迎面若遇到人来，便只能一人先停下来，侧着身子让一让。我裹着厚厚的衣服，像只没睡醒的熊，走一会儿停两步，这时，一个瘦瘦长长的身影顶着满头的白雪向我走来，他越走越近，我便先停下脚步，侧过身子，给他让路。

等他快要逼近我眼前了，我才惊喜地从帽子里探出颗头来："阿东？"

他也停下脚步，上下打量着我。他语气清冷，眼神里透着一股疏远的陌生："过年好啊，回来过年呢？"

他问得好似我们常常见面，又好似我们从未相识。他穿着一件驼色的毛料大衣，衣面上起了一团团薄薄的毛球，雪落在这些毛球上打湿了一片，显得这粗糙的衣料格外陈旧。他的头发细细碎碎，头中间已隐约能看见青褐色的头皮，两个鬓角也是光秃秃的。他才不过二十几岁，我却仿佛已看到了他父亲衰老的影子。数年未见，欣喜和恍惚自心里交杂而生，我们都沉默了十几秒钟，我才开了口："你也不联系我，这几年过得咋样？"

"嗐，混口饭吃。"他一双粗壮的手叠在腹前紧握着，一个留着两道疤痕的大拇指漫无目的地抠唆着另一只皴裂的手。

他这样简单地回答了我，却再无话了。我们一同站在这条狭长的小道里，风吹过雪的声音飕飕作响，空落落的世界里只剩下这个寂寞的声音。我反复思忖着该如何表达往昔的热情，他却先开了口："俺还得赶紧去给俺二大爷拜个年，你难得回来一趟，赶紧去忙吧。"

他礼貌而平静地说着，说完，就迈着步子往风雪里去了。帽子上密密麻麻的绒毛遮挡住了我的眼睛，我凝视着他远去的背影，半天没转过头。刚刚发生的一切如同一场奇幻的梦，在我还怅然若失时，它已消失得无影无踪。

我与阿东再无联络，直至我们搬家后的第二年，老家传来消息：

阿东失踪了。

4

阿东每礼拜都会给老周婆打两个电话，在外多年，这个习惯，风雨不动。

按乡下的辈分，严格地讲，我应该唤阿东叔叔，他的父亲我得叫爷爷，他的母亲我要叫奶奶。阿东全名叫周东，我从小唤他父母为老周爷、老周婆。

阿东孝顺，时不时地会给家里寄回一些广东的土特产，有一年老周婆过生日，他还特意去了趟香港，给母亲买了一只翡翠镯子。村子里的人见了，都羡慕老周婆养了个好儿子，老周婆总是抿嘴笑笑："孩子去了大城市，心思也洋气了，我们这样的人，哪里配戴这么好的东西？"她嘴上这样说着，却天天晃着那翡翠镯子在太阳底下转悠，日光在深绿的翡翠上折射出一道道通体的荧光，把老周婆的心也照得堂堂亮亮的。

那周阿东却一个电话也没有，老周婆心里想着，该是儿子太忙了。到了第三天、第四天……她的心就慌乱了起来。她什么也做不了了，只能一直坐在电话机前，静静地守着，等着，盼着，盼着电话铃"丁零零"的声响。或者，她走到门口，抻着脖子一直往南看，好像这样看着看着，阿东就会从南边走过来。老周婆从来不主动给儿子打电话，她怕他忙，自己又老了，说话啰啰唆唆的，怕耽误了孩子在外面的事情。老周爷见老周婆这样，直冲她嚷嚷："孩子都多大了，二十好几的人，就不能有点儿自己的事？你哪儿至于这样？"

老周婆垂丧着脸说："都怪你，就是得把孩子给逼走！"

平日里，但凡阿东在外面遇到了点儿糟心的事，老周婆就会把矛头全指向老周爷。她唠唠叨叨的，像个复读机："如果不是你事事都看儿子不顺眼，他也不至于一个人跑到那么远的地方去受罪。"

老周爷嘴上虽然强硬，心里却也放心不下。他从抽屉里找出了一个土黄色的小本子，里面记着儿子的手机号码。他小心翼翼地一个一个按下数字键，心里紧张得像打着小鼓。儿子总是和他妈打电话，偶尔才和他这个当爹的聊上几句，二十几年来，父子俩好像总隔着一道厚厚的墙。他这辈子过得不顺意，也不知怎的，气总是控制不住地发在儿子身上。阿东也是不争气，书念得差，还净调皮，为此小时候没少挨他打。好不容易等阿东中专毕了业，工作也找不好，他气得又拿着棍子想要打，这次阿东却一把夺过棍子，梗着脖子跟他喊："你反正就是看我哪儿哪儿都不当你意，你等着我证明给你瞧！"第二天，阿东就离家出走了。几天后，他给老周婆打来电话，说是到了广州。

老周爷想着儿子每次遇到不耐烦的事，那干干瘦瘦的眉骨就会挤在一起，真真是一脸欠揍样。但他又害怕儿子不接电话，一种不祥的想法跳到他嗓子尖上，压得他喘不过气来。他想起阿东刚出生的那一天，是个下午，他在医院的走廊里来来回回地走，医生出来说，生了个小子，母子平安。老周爷激动得一句话也说不出口，他的心都要从笑着的眼角里掉出来了，那一刻，老周爷第一次觉得，老天也算宽待他。

电话那头却一直是"嘀嘀"的声响，无人接听。老周爷又连夜去了村东口的老刘头家打听，老刘头的儿子也在广东打工。老刘头当即给儿子打了电话，却并没有得到半点儿消息。刘家儿子在那头安慰老周爷，年轻人在外面玩闹，一时忘了也是有的，让他们二老不必太挂心。

第二个礼拜三，恰巧是老周婆的生日。这一日，老周婆早上四点多就起床了，她穿着阿东去年给她买的一套紫红色绣粉芍药花样的针织连衣裙，戴着绿莹莹的翡翠镯子，又强打着精神，去县城里时髦的理发店剪了个头发。她满心的欢喜和期盼，这一天儿子是绝不会忘了的。到了太阳落山的六点钟，该吃长寿面的七点钟，夜色如墨的八点钟，桌子上的钟摆"嘀嗒嘀嗒"一刻不停歇地摇荡着，时间一分一秒地过去了。阿东的电话却始终没有来。

老周婆突然从椅子上跳了起来，她面色如灰，转头冲老周爷喊："我要报警。"

这时，门外却传来一阵阵急促的敲门声。

公安局来人了。

那日我正伏案写字，窗外轻柔柔地飘着漫天细雨。两株紫藤攀爬在竹子架上，正对着我的窗户吐露清香。不一会儿，雨竟起了势，原是丝丝柔柔的春水，由小到大，"噼里啪啦"地随着南风吹打到玻璃窗上。无依的紫藤也只能随风挣扎，齐刷刷地飘入我的视野，似是在向我求救。可雨遮挡住了我的视线，玻璃上的水珠自上而下地滑过一道道纵横交错的痕迹，不过几秒，它们就连绵成片，我再也看不清窗外那两株凄凄紫藤了。

电话突然响了，将我从遥思中惊醒，母亲在电话那头哽咽，她说，阿东没了。

我十五岁时，爷爷去了；十九岁时，姥爷去了，想来那时我也是伤心的，但那伤心是遥远的、片刻的、懵懂的。又过几年，素日里疼我爱我的小姨、奶奶也去了，我那时有了感知死亡的具体能力，方知人的生命是渺小的，痛苦也是渺小的，任你痛心入骨，肝肠寸断，哀毁骨立，也改变不了分毫。我想，终有一天，最爱我的父亲、母亲也是要走的。

我望着窗户上那纵横的雨滴，自一滴雨打落在窗上的那一刻起，因着地心的引力，因着风的轨迹，它将流向哪儿，将如何流动，都已是注定的了。我与阿东，前后同生在一个村庄里，长在同一棵杨树旁，喝过同一条溪水，走过同一片土地，盖过同一床被子，做过同样的梦。我们沿着同一条命运的河而来，却渐渐走向了分岔的路，直至再无交点，最终天人永隔。

阿东走了，我童年的一部分仿佛也消失了。我意识到，关于死亡，我们所悲伤的，并非那个死去了的客观存在的肉体，而是我们与这个鲜活的生命曾建立的一切情感连接，都将消散不见了。上天曾赐予过我们一些美好的东西，然后再将它们一点儿一点儿地拿走。伴随着一些人的离开，我们生命的一部分也死去了。

也是在这样一个阴雨缠绵的暮春初夏，十一岁的阿东带我去河边放生长了脚的蝌蚪，他那样一个热爱生命、天真无邪的人，如今魂归于江海，可否将息？

阿东走了，他只比我大一岁。死亡离我又更近一步了。

5

阿东的遗体是在河边发现的，老周爷和老周婆随警察去广东辨认。当地的警察说，是郊区一家水库的养殖户报的警，综合调查走访、现场勘查和法医检验情况，警方确认死者符合生前溺水死亡的特征，排除他杀。

老周爷不相信那是他的儿子。

他们见了尸体，那孩子的脸已被河水浸得模糊，看不清样貌，很胖、很圆。老周爷说："我儿一米八几的大个子，他肠胃不好，从小到大就没胖过——这不是我儿！"

警察说 DNA 比对过了，是他。

老周婆一听儿子真的死了，又哭倒在地上，几个人都拉不起来。

村子里的人说老周爷魔怔了。他静悄悄地回来，辞了工地上的工作，卖了养的牲畜，带着老周婆，到广东找儿子去了。他四处打听，去儿子打工的电子厂问，老板嫌他晦气，让保安赶他走，他就跪在人家厂子门口，一下一下地磕头，嘴里喊着："救救我儿吧，救救我儿！"连保安都不忍心再驱赶他。

他又记得，儿子以前在电话里提起过，他谈了一个女朋友，闹了不愉快，两人分了手，那女娃回湖南老家了。老周爷想儿子是个重情的人，说不定是放不下那女娃，去湖南寻她去了。老周爷又拖着老周婆，从长沙找到湘潭，从衡阳走到湘西。路上，老周爷把钱藏在了裤头儿外缝的一个小兜子里，可就算这样，他在火车过道睡了一觉，钱还是被人偷走了。

一个礼拜过去了，一个月过去了，一年过去了……时间并非治愈一切的良药，有时它只是将痛苦拉扯得更为细碎绵长。人们瞧见一对白发枯干的老夫妻，一人挎着一个包袱，女的佝偻着，男的扶着她，步履蹒跚地往前走。没有人知道他们将往何处去，连他们自己都稀里糊涂。可当有好心的人问起来时，老周爷混浊的眼睛却立即有了神采，他磨动着没了血色的嘴皮子，跟人家说："我们找儿子去。"好心人问："你儿子在哪儿呢？"老周婆就哭，哭得路人心都碎了。

老周婆病倒了。老周爷送她去医院，医生说："是心脏病，要住院，可不能再这样走了。"老周婆死活不愿意，她说："咱们没钱了，得留着找儿子。"老周爷说："你放心住，以后我白天去工地干活儿，晚上咱们再找。"老周婆说："你要是把我自己留在医院里，我就拿刀扎死自己。"老周爷没办法，带着老周婆出院了。

老周爷好说歹说把老周婆带回了老家。他说："万一儿子是进了传销组织，或是真遇到什么困难，解决完回来了，进了家门，发现我们都不在了怎么办？你在家等着，儿子知道他娘在家等他，说不定就回来了。"

老周婆说："那行，左右我如今走不动了，跟着你也是个累赘。"

老周婆一个人守在故乡等，儿子丢了，她却再也不埋怨老周爷一句。老周爷一个人带上了干粮，天不亮便启程。村子里的人见着老周婆日日坐在村口的那棵大杨树下朝南看，没有人忍心上前问什么。大家开口都是说："别上火，病坏了身子，阿东回来见着该伤心了。"

整个村庄都在守护着一个谎言。

一日，邻居秦嫂包了荠菜馅的饺子，端着一盘送给老周婆，却发现老周婆躺在地上，口吐白沫，四肢抽搐，快不行了。秦嫂吓得大喊，邻居们又喊来村里的干部，大家伙儿匆匆把老周婆送去了医院。老周爷连夜从外地赶了回来。老周婆在里面动手术，老周爷隔着门蹲在地上"哇哇"地哭，乡亲们还是第一次看到平日里倔得像头驴似的老周爷哭成这副模样。医生上前劝他，说这是医院，要安静，又叹了口气，离开了。

老周婆抢救回来了。她睁开眼，看见了老周爷，眼神空荡荡的，她说："我知道，咱们的东儿，没了。"

老周爷坐在病榻前，摸了摸老周婆全是褶子的额头："走了，孩子走了——你可别也丢下我。"

老周爷不再出去找儿子了，老周婆也没有再出现在村口的那棵白杨树下。两人捡了很多流浪猫、流浪狗，阿东幼时便心疼这些被人抛弃的小生灵，如今，换它们陪着一对孤寡老人了。

这年除夕，风雪尤大。

村子里已经不许放鞭炮了，人们私下议论，不放烟火，哪里还有个过年的意思。几户不听管教的人家屋顶上，"吱"地冒出一声震响，那漫天的烟火，在雪夜里，格外好看。

晚上八点多，老周爷早早地在院子里给祖宗们上了贡，磕了头，便回屋和老周婆躺到了炕头上。屋子里关着灯，静悄悄的，老周婆被窗外的烟火眯了眼，她说："我东儿小时候可爱放鞭了。"

老周爷笑笑："我昨儿听广播，说北京有对教授夫妻，儿子也走得早。他们老了、病了，一起住的院，他俩的病床挨着，一人伸出一只手，正好可以牵着对方。他们就这样躺在病床上手拉着手，第二天早上，竟一起走了，你说这奇不奇？"

老周婆说："那他们可真是有福气，可以一起去和儿子团圆了。我要是真有一天下不了床，就自个儿先去找咱儿了。"

老周爷"嘿嘿"地笑："你先去。等我求了人，把东儿的这些猫猫狗狗都安顿好，我就找你们娘儿俩去。咱们一家三口，在那头，也高高兴兴地、好好地过一个团圆年。"

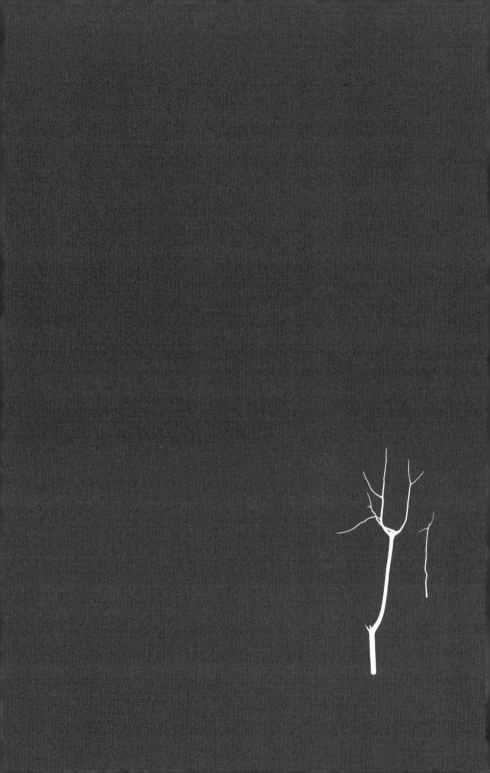

River
and
Sea

小河与海

——

生怕
离怀别苦

多少事
欲说还休

《凤凰台上忆吹箫·香冷金猊》

李清照

一个一辈子都想抓住命运的女人，终于在死这件事上活了一把。

伍 小河与海

I

小城有条河，有了河的小城就有了生机，有了呼吸，任你随意在小城里穿梭游荡，走到哪儿都能看见片片白银似的波纹，它们在日头底下闪烁着，跳跃着，奔腾着，漂浮在深深的水面之上。有时河水路过浅滩，丰盛的水草绿萋萋的，绵延成大地的席子，展露出一种初为人母的温柔，河水在它面前都变得安静下来，缓缓地流淌着，低吟呢喃。几只白鹭滑翔、盘旋，优雅地停落在一处芳草里，不见了身影，忽地，又鸣叫一声，飞向那更辽阔处。

十三岁的美娜路过这里，被那几只白鹭吸引住了，少女的悲伤来得快去得也快。这一刻，她把自己幻想成那只小个子的白鹭，它时而扑扇着翅膀跟在一只大鸟身后，时而独自卧在水草里惬意地啄着尾羽。美娜想，不几日前，自己也跟这白鹭过着差不多的日子，一下了学，就依偎在母亲床边写作业，有时也念几首诗或唱几句新学的歌给母亲听。母亲常年雪白的脸面，此刻就会涌出一丝丝血色，美娜便知道，母亲心下是高兴的，美娜因此能开心一整个晚上。

美娜偶尔也会用一种不属于她这个年纪的、略带审判和玩味的眼神盯着别人家的母亲。比如在麦田里割麦子的母亲，那些女人蹲下来，胸脯往下垂，屁股朝天翘。孩子们在地头儿撒野，打了起来，她们便一手拿着割麦子的镰刀，气势汹汹地冲过来，嘴上骂骂咧咧的，一脚踢在顽童的屁股上。美娜远远看着，牙槽进了一股股凉风，仿佛自己的屁股也跟着开了花。她觉得这种母亲实在太凶猛，但隐隐又有一种对凶猛的渴望。她跑回家，趴在母亲床边写作业，却时不时地，偷偷抬着上眼皮细细地瞥一眼母亲的胸，替母亲翻身时，就直勾勾地看着母亲的臀——母亲没有胸，也没有臀，薄薄的身体像一棵暮秋的枯草，一根发了白的火柴。

母亲以前不是这样的。美娜六岁时的一天清晨，母亲一把把美娜抱在怀里，跨着流星似的大步子急匆匆地往前走，她穿着一条鹅黄色的连衣裙，腰间束着一朵淡蓝绢花腰带，头上戴着一顶白丝编边的遮阳帽，和那个早晨一样清爽。她粉嫩的小脚步步生风，散发出一缕缕体香，贵小姐逃难似的。父亲拖着美娜四个姐姐，他一手牵着三姐，一手牵着四姐，三姐的小手又牵着大姐，四姐的小手扯着二姐，也慌溜溜地跟在后面，像个憨厚的老仆带着一帮子小丫鬟。只有美娜不慌，她不懂他们怎么这么慌张，她趴在母亲的肩膀上，费力地把身子扭了过来，冲着自己的四个姐姐傻哈哈地笑着，颇有一副当家小姐的姿态。母亲走得又急又稳，美娜就跟坐小船似的，颠颠簸簸的，那叫一个美。四姐只比美娜大两岁，她愤恨地瞧着美娜，美娜就更开心了。

母亲回头冲父亲嚷嚷："再快点儿呀，船要开走啦！我们要赶不上啦！"

父亲拖着姐姐们又加快了脚步。

"轰隆隆"的长鸣声此起彼伏，美娜被眼前的辽阔惊呆了，也被喧哗的嘈杂吓坏了，她老老实实转回了身子，蜷缩在母亲的怀抱里，一动也不敢动。

朦朦胧胧中，船出发了。等她渐渐熟悉了这种躁动不安的情绪后，她用余光偷偷看了一眼外面的风景。好大的河，乌蓝乌蓝的，根本看不到尽头。美娜喜欢河，往日，当太阳明亮的时候，母亲和家中的女佣常常带她去家附近的一条小河边浣衣，清洗家具。她在母亲铺好的一张毛茸茸的垫子上爬来爬去，感受着河畔吹来的湿润的风，小河奔腾着最原始的自由。六岁的美娜还不懂得什么叫自由，但她头一次见到这么深、这么阔的河，却产生了一些恐惧，一种对遥远的、庞大的、无限的自由的恐惧。她头一扭，把脑袋埋在了母亲的胸脯里。母亲笑着，细嫩的手拍打着美娜的臀，温柔地说："美娜，快看，这是大海！"

六岁的美娜曾度过了一段天真烂漫的童年时光，曾享受过一种独一无二的关爱与荣宠。这份独一份的感受，她的大姐也曾感受过，但随着二姐的出生，就瞬间消失了。美娜也是如此，不多久，美娜的六弟和七弟便纷纷来到了这个人世间，美娜就很少再能趴到母亲的怀里，亲一亲母亲的胸脯了。可即便如此，那段独一无二的时光，依然支撑着美娜度过了此后大半生的荒凉长夜。

一九五六年，受"三反""五反"运动的余波影响，在大连同日本人做外贸生意的美娜父亲困境连连，不得已，变卖了房屋田产，举家迁回了胶东老家。第二年，第三年，美娜的两个弟弟接连出生，而生活并未眷顾美娜一家，美娜父亲的生意一败再败，先前攒下的一些家当赔了个精光。美娜的母亲从养尊处优的日子里走出来，她要学着习惯像一个女佣一样活下去，打扫卫生，种地，养猪，把豆子磨成豆腐沿街叫卖，去别的有钱人家做女工，骄傲与尊严变得越来越稀薄，仅仅是为了活下去。不断地生养孩子，加之连年的动荡奔波，不多久，过惯了好日子的美娜母亲便病倒了，一病就是数年。起初，她勉勉强强还是能下地做饭的，到后来，便直接卧床不起了。到了三年大饥荒时，家里愈发困窘，美娜父亲被迫南下到船上做苦力赚钱谋生计，家里就只能靠十七岁的大姐来当家。又两年，美娜的母亲去了，她是躺在三姐的怀里去的，美娜没能看到母亲最后一眼。她下学回来，母亲已经闭上了眼睛。三姐说，母亲走之前，已经一句话也说不出来了，她死劲儿地瞪着眼睛，眼球鼓鼓的，一直朝南看。大姐说，她是在等父亲。

父亲回来了，处理完母亲的丧事，父亲还是得走，他得设法活下去。父亲带走了两个弟弟，又叮嘱大姐、二姐照顾好较小的三姐、四姐。港口临别时，父亲蹲下身子来，抱着美娜说："美娜啊，你怎么这么可怜，你娘怎么这么狠心，撇下你自己就走了。"

月桂在一旁站着，她凄楚的语气里含混着些许镇定，这镇定给慌乱的人带来一种无端的希望。她说："姐夫，你放心走吧，有我一口就有美娜一口，从此美娜就是我的亲闺女。"

父亲走了，拖着两个弟弟，一步也不回头。

姐姐们哭成一片，美娜也流泪了。但她的哭声太小了，码头都是时代的哭声，分秒间淹没了她。

2

月桂是美娜的亲小姨，美娜母亲的亲妹妹。月桂的家门口便是那条护城河。隔着河上的桥，那头就是美娜原先的家。美娜想，她的四个姐姐，应该还像以前那样，每晚挤在一起胳膊压着胳膊睡觉，早晨起来大姐会煮上一锅白浓浓的大米粥，晚上二姐蒸的是黄灿灿的玉米饼。日日吃的都是这些，美娜得意着，准不会猜错。美娜自从来到月桂家，早上吃的是又酥又软的油条和又稠又鲜的豆腐脑儿，晚上吃的是粒粒浑圆的饺子和冒着金油的鸭蛋，美娜每天都是心满意足地吃饭，可吃完饭，她心里就空落落的。常常，她鬼使神差地偷偷溜到桥头，孤零零地隔着河望向桥那边，十几公里的路对十三岁的美娜来说就是他乡，美娜知道自己自此就成了无根的人。

美娜来月桂家的时候是空着手来的，什么也没有带。唯一随身挎着的，是一个亚麻料子的小包袱。赤红的颜色，上面绣着两棵青草，还有一团毛茸茸的白兔子。那还是母亲在大连时，闲来无事给美娜做的小礼物。母亲缝好了，兴冲冲地给美娜看，美娜噘着嘴嘟囔，这哪里像兔子。这天月桂清闲了，想起了包袱里有几件美娜的衣服，她打开衣柜，想趁日头热全都给她洗洗。她拆开了美娜的小包袱，却发现里面塞了几根油条、几个鸭蛋。油条干瘪瘪的，鸭蛋硬邦邦的，全都发了臭。月桂蹲下身子来，温柔地搂着美娜软软的腰："是不是吃不饱？才要偷偷藏起来。"

美娜扑闪着鹦鹉似的小眼睛，眼泪珍珠似的往下掉："我想去送给四姐吃。"

月桂抱着美娜，美娜抱着油条，油条变软了。

姐姐病下后，月桂便时不时地从婆家私藏些麦子、鸡蛋、玉米面子，偷偷送到姐姐家。美娜因此爱极了小姨，月桂还没进家门，她就蹲在门口等，月桂都走了好远了，她还在门口望。月桂喜极了美娜，把她抱进怀里，只当自己做了母亲。

月桂与丈夫周炳森成婚六年，却一直没能要上孩子，姐姐走了，月桂和丈夫商量，要不要把美娜过继来。周炳森说："美娜都十三岁了。"月桂说："她和我最亲。"周炳森说："那也行，她爸爸带走俩弟弟，美娜还小，怪可怜。"

美娜父亲把美娜送过来，让美娜给月桂和周炳森一人磕一个响头，美娜乖乖跪下来。父亲又让美娜改口，叫月桂一声娘，喊周炳森一声爹。美娜却哑巴了似的，一哑就是小半年。

美娜和月桂也不亲近，她一夜间长大了，她模模糊糊地体会到自己已失去了孩子的身份。她需要和所有人之间都保留一些距离，唯有距离能给她带来一点儿安全和体面。她失去了一种庇佑，她朦胧而清醒地意识到，自此将要以一个独立的人格面对粮食与小姨、小河与大海、春天和冬天。偶尔，月桂逗她，她一阵风似的，快乐地跟去了，那个瞬间，她恍惚又回到了从前平常的一天：母亲还在床上躺着，小姨也只是她的小姨。

夜里，月桂问周炳森，美娜是不是太敏感。周炳森说，这心急不得，要给孩子一点儿时间。月桂悄悄下了地，蹑手蹑脚地掀开隔壁屋的帘子，美娜躺在月光里，好似睡得很香甜。

俘获美娜的，是傍晚的味道。

每日美娜下了学，还未到家门口，一股鲜美的、勾人的香气便随着缕缕炊烟飘进了美娜的鼻孔，美娜的口水一层又一层。做饭的是周炳森，他起得早、上班早，每天回来得也早，做饭便成了一种习惯、一种乐趣。他总有一种在平常的日子里创造乐趣的本领。他在单位不争不抢，也毫无成绩，闹来闹去的政治运动都懒得注意到他；成婚六年了还没有孩子，当考过秀才的父亲数落他时，他不紧不慢地堆出一炕的西方名流嘲蔑父亲的俗浅，又暗自想着在这样的世道诞下一个生命，无异于一种犯罪；他饱读诗书，却从不卖弄，自甘在这样一个昏天暗地的时空里做一个糊涂逃避的凡夫俗子；他喜欢月桂，但也到不了爱的程度，爱是需要激情的，月桂寡淡的贤良却常常浇灭他升腾的欲望；他冷眼旁观着人们斗来斗去，生命的热情全都演变成了活着的恐惧、人性的懦弱和人间的苟且。他就这样活着，理想、爱情、亲情通通与他无关。

　　正当他以为这辈子就将这么无情地白白流逝时，美娜却来了。

　　周炳森见美娜瞪着滴溜溜的小眼睛，远远地、怯怯地看着自己做饭的模样，就更觉得做饭是一件有意思的事了。他也不主动和美娜打招呼，就像小时候捕雀，把食饵放在那里，你该干什么干什么，慢慢鸟雀就失去了警觉，自己会跑过来。果然，这样观察了几日，美娜意识到周炳森并不想搭理她，这个不搭理，在美娜看来便是一份恰当的距离。这距离让她保有一种自由，一种尚可主动把握人生的自由。可自由总是让人孤独，美娜心底渴望亲近。美娜一寸一寸地靠近，一天比一天近，终于在某个夕阳落在树腰上的时候，美娜站在了周炳森背后，捏着嗓子问："你今晚锅里做的是什么？"

周炳森笑得像往常一样和蔼："今儿咱们煮肉丸子好不好？"

美娜笑了，她觉得"咱们"这个字眼藏着诸多亲切的秘密。"我娘以前也给我做过肉丸子。"

周炳森笑得更大声了："那咱们打个赌，看看谁做得更好吃。"

美娜开心地鼓起了掌，大人似的头脑都没了，全回到了小孩子的心思。

周炳森第一次察觉到了一种热情，那是人类生命本能的、生生不息的、绵延了亿万年的热情。新的生命总能给人类带来某种希望，连他这样一个习惯了在荒诞的政治沙漠中做鸵鸟的人，在悲观虚无的人生旅途中自我幻灭的人，都萌发了一份从未有过的、活生生、热腾腾的力量——成为一名父亲，一名即使死挺着自己的翅膀，也要护雏鸟周全的好父亲。

这样的顿悟，让他与月桂在寡淡荒芜的人生路上重获了一个统一的精神目标，他们都把美娜视为自己的女儿、自我生命延续的支点、生活得以新鲜的理由。在这样的热切中，在他与月桂成婚的第七年，他们的儿子竟然诞生了。

美娜又多了一个弟弟，独一份的爱，又一次消逝了。尽管周炳森与月桂待美娜格外地好，但那"格外"便多少有些刻意的不自然。不过美娜已经快十五岁了，她有自己的办法回应这份"格外"，她不再热衷于扮演这个家中讨长辈欢乐和烘托团圆气氛的女儿角色，转而变身成了一名协助月桂和周炳森照顾婴儿的好保姆、与弟弟相亲相爱的好姐姐。她多少庆幸自己下意识地把控着一种人与人之间的距离，这距离替快十五岁的她挡住了些许伤害——没能见母亲最后一眼的伤害、被父亲在码头抛弃的伤害，与这些相比，眼下的这点儿伤害便微不足道了。

　　美娜仍只唤月桂作小姨，唤周炳森作姨父。

　　夜里，月桂又问周炳森，美娜会不会太敏感。周炳森说，这心急不得，要给孩子一点儿时间。月桂又悄悄下了地，蹑手蹑脚地掀开隔壁屋的帘子，美娜躺在月光里，好似依然睡得香甜。

3

　　美娜十九岁这一年，发生了两件大事。一是她又要迁徙了，像候鸟一样，像父亲一样，像两个弟弟一样，往南方去。二是往南方去的路上，她病倒了，沿途的小医院也说不清美娜得了什么病，美娜自己想，也许是母亲想念美娜了，让美娜随她去。

一九六九年，小城的政治斗争白热化了起来，周炳森做不了鸵鸟了，工厂里的每一只眼睛都在盯着他表态，他想做个懦弱的好人的那点儿愿望，也成了天方夜谭、痴人说梦了。周炳森的叔父来信说，来南方吧，这里活得多少自在些。周炳森几夜未合眼，他望着月桂，望着美娜，望着儿子，他的肝胆生出一股豪气来。月亮正当空，他一个鲤鱼打挺从炕上跳起来，月桂被惊醒了，睡眼惺忪地问他做什么。周炳森说："走，收拾家当，咱们逃难去！"

命运是有轮回的，美娜信命。

她左右两只青葱的小手各拎一件行李箱，跟在月桂身后，步子慌慌。月桂白嫩嫩的圆脸渍着细细的汗，浑身的衣衫都湿透。弟弟被母亲抱在怀里，奋力地扭过身子冲美娜"咯咯"地笑，就如同当年的美娜一样。他不知大人们的人生为何如此慌张，只觉得母亲的怀抱又急又稳，颠颠簸簸的，像一只小船。

周炳森一人拎着三件大箱子，转过头冲她们喊："走快点儿，走快点儿，船要赶不上了！"

美娜再一次看见大海，乌压压的，一片又一片。美娜不怕海了，她对这浩大的力量不再恐惧，反而生出一股亲切的熟悉和依赖感。她将永远地告别故土，永远也见不到四个姐姐，悲伤一再重复，离别循环上演。人性能承受的痛苦有一条脆弱的底线，为了不被击垮，人的心灵会渐渐变得麻木，进而对痛苦产生一种迎合、一种信仰、一种崇拜。命运能让她活下来，她便不胜感激。

可就在这路上，美娜却病倒了。

月桂带美娜去看医生，医生说美娜是血液病，凶得很。入院大半个月，月桂又问医生怎么样，医生摇摇头，说："我们这是小地方，治不好。要活命，得去省会的大医院。"月桂急得哭，问周炳森怎么办，周炳森咬咬牙说："走！咱们去省会大医院。"

美娜醒来时，见周炳森正对着她，躺在另一张病床上。医生说："醒了，醒了就好，小姑娘，你真是有个伟大的爹。"虚弱无力的美娜迷迷糊糊地看了一眼面色苍白的周炳森，混混沌沌地叫了一声："爹。"月桂听见了，抹着眼泪就笑，她问周炳森："你听见了吗？闺女叫你爹嘞！"

周炳森也笑了，笑得眼角的褶子全裂开了。

美娜被送来医院时，医生说："这病花钱多，治了也保证不了一定能治好，你们治不治？"月桂看着周炳森，他向来温和的面容变得冷峻，他没有犹豫，点了点头，说："肯定治，砸锅卖铁我们也治。"月桂看周炳森的眼神自此多了一分尊重，也多了一分感激。医生又说："病人需要匹配的血，看看你们俩谁合适。"月桂想自己和美娜身上流着相似的血，却没料到最后是周炳森的血液更合适。周炳森歪着嘴，对月桂笑着说："看来我和美娜上辈子也有父女的缘分。"

美娜的天空一下子亮堂了，她的血液里流着与母亲相似的血，如今也流着与父亲相同的血。她终于重获了一种可以依赖他们的理由，寻到了一处可以停靠心灵的港湾。一个久违的、叫作"家"的地方，回来了。

幸福来敲了门，美娜打开门，一屋子的灿烂时光。那真是美娜一生中最怀念的日子。父亲依旧每天起得很早，他天天带着美娜去镇上的早集买菜，美娜便知道了什么样的猪肉最新鲜，蚕豆和扁豆味道有何不同，哪只螃蟹是母的，什么样的母鸡买回来不会下蛋。待她与父亲一同回来，母亲端上热腾腾的早饭，美娜把弟弟勇岱抱在腿上，一家四口就着欢声和笑语迎接崭新的每一天。

快乐的时光经不起计算，不几年，勇岱就到了念小学的年纪，美娜也无须天天在家照顾他了。父亲说给美娜谋到了一份好工作。当初介绍他来南方的叔父的儿子，他的这位堂兄，去年因病过世了，无儿无女，只留下了一位遗孀张氏。这位堂兄生前是县里供销大厦的会计，那是一个带着编制的金饭碗，是所有人最艳羡的香饽饽。小地方人情通融便利，周炳森为了女儿堆上脸皮几番运作，美娜又念过几年书，能识字会记账，这金饭碗般的工作就落到美娜头上了。作为交换的条件，美娜要过继到周炳森堂兄的户头下，将来张氏老了，美娜有义务替她送终。

美娜本姓甄，户口本上写着的是甄美娜，如今要改姓周，叫作周美娜。父亲见美娜多少有些不情愿，他逗美娜说："跟着我姓委屈了吗？"美娜说："可这不是跟着你，是跟了一个不相识的去了的人。"周炳森说："哪里找这么好的工作，只是走个过场，将来赚了钱，多少孝敬些张氏，大家都圆满。"年轻的美娜嘟着嘴，周炳森安慰地捏捏她的脸，父女两人笑一笑，这些纠缠在美娜心里的小乌云转瞬也就散去了。毕竟，那是一个闪着油光的金饭碗。

美娜上了班，勤快又伶俐，单位的人起初不待见她，不多久便都夸她好。供销大厦里有一位售货员叫赵启正，是个一米八五的高个头儿帅小伙，天天殷勤着往会计室里跑。单位的大姐见了笑美娜，提醒她可别被这风流的浪子勾了魂。美娜听了总是羞得嗔怪大姐满嘴胡诌，却也禁不住常常在背后偷偷瞧这男人的背，想这男人的脸。

赵启正生得风流，到了情窦初开的年纪，身边就从没缺过漂亮的姑娘，但他还是第一次见到像美娜这样的女人。他与她开玩笑，她却从来不理他。他算错了账，她就一板一眼地给他讲错在哪儿。她长得算不上漂亮，也从不像单位里其他的女孩子那样用脂粉、首饰和绸缎弥补不足或增添自己的美丽。她就像一棵小白杨树，挺挺拔拔、朴朴素素、利利落落地自顾自地生长着。他想到了自己病去的母亲，那个在他九岁时便离开了他的母亲，也是这样一个干净的女人。他内心第一次涌上了满腔的冲动，他想有个家。

人人都说赵启正是个浪子，美娜看他那一身油头粉面的做派，也十足地坚信他是个浪子。赵启正就急赤白脸地围着她说："我这叫浪子回头金不换，这样的宝儿可不好找。"美娜看他焦急中带着自信的模样，还真是有几分羡慕和喜欢。美娜说不喜欢他穿得像个女人似的那么招人眼，头梳得像少爷似的那么板正又明亮，赵启正便天天一身黑大褂，不几天胡碴儿就遍了脸。单位里的女人们笑他这是要从良，赵启正说："你们懂什么，我这叫为爱明志、以身殉情。"

美娜早就喜欢上赵启正了，哪个姑娘能不喜欢赵启正呢？可这样一个赵启正，哪里是自己能勾得着、降得住的呢？美娜在恋爱里，又被打回到了那个向往小河、恐惧大海的小女孩，她精明地计算着一个恰如其分的空间和距离，只有这样冷静的距离，才能永远地保护自己，没有人再能伤害她。

可越是得不到的越想要。美娜越是躲闪，赵启正就越是痴迷。二十多岁的美娜再清醒又能怎样呢？女人永远是爱情的俘虏。追了她大半年的赵启正有一天终于急了，他把美娜堵在了下班回家路上的一条巷子里。他问美娜："你既然喜欢我，为何不回应我？"美娜也急了："你哪只眼睛看见了我喜欢你？"赵启正挺直身子，结实的胳膊将美娜环绕，厚厚的胸膛将美娜笼罩，美娜整个人全都沦陷在了他的身影里、目光里。赵启正吻了上来，将美娜的唇烧着了。

一个世纪的缠绵。

赵启正牵着美娜的手，两个人在月光下静悄悄地走，浑然不知走的路已不是美娜回家的方向。但没人在意他们将往哪里去，连他们自己也不计较。只要两个人在一起，手牵着手，哪里都是路，哪里都有远方。

赵启正说："我很小就没了母亲。"

美娜说："我也是。"

赵启正说："这其实是我第一次认真地恋爱。"

美娜说："这也是我的第一次恋爱。"

赵启正说："咱们结婚吧。"

美娜说："好。"

赵启正一把抱起美娜，想要把她抱到天上去。

4

我初见美娜，是在南方某城的火车站出站口。

她个子小小的，穿着一件灰绿哑纹的真丝料子的衬衣，一条灰白色直筒的确良长裤，一双矮跟小圆头的黑色皮鞋。她被淹没在熙熙攘攘的人潮里，奋力地挥着右手，手里举着一个用纸箱子的底面做成的牌子，上面写着我的名字。牌子时而从攒动的人头中向上跳跃几下，生怕我看不见它。

我走向她，她看见了我，喜悦难以遮掩地从她已布满皱纹的眼角倾斜直下，她的笑容透亮，并带有几分岁月留下的狡黠。"我的乐啊，都长这么大了！"她欢喜地摸着我的头，我得弯下腰，才能让她摸得酣畅。

我望着眼前这个从未见过的、一身质朴却藏不住精明干练的女人，心中生出一股莫名的亲切。或许是她毫不掩饰的激动和兴奋，或许是冥冥之中的故土情分，当得知她特意从邻市为了我来到这座城市时，我虽然感到不解和惶恐，却也转瞬便心安理得地接受了这一切。

美娜说，这可不是她第一次见我，她抱过我一年多。在我六岁那年，美娜曾回过家乡探亲，住在大姐家，美娜大姐正是我家邻居。美娜在故乡的日子，常常与我的母亲为伴，她极疼爱我，照料我成了她每日最快乐的时光。我已六岁了，到了男孩子最调皮、最贪玩的年纪，用家乡的俗语说，六岁七岁不当狗意，连狗都厌弃我。美娜却视我为珍宝，天天把我捧在怀里，母亲说可把我娇惯得不知姓什么了。

我哪里还能记得这些纷纷往事。晚上，我与母亲通电话，讲我是如何一个人坐着火车南下的，沿途看到了南方的村落是何等稀奇：它们大都是三两间小屋或层楼比邻，要隔着一池荷花、几亩油菜花，越过几条青草路，才能见着下一户人家。火车又开了一段路，风景又全变了，青砖小瓦马头墙，樱花浮上，绿柳骑房，一座座建筑影影绰绰，颇有宋词里中国江南的残韵。一路八个小时的火车咣当咣当，我却丝毫不觉疲惫，那还是我第一次到南方来，年轻的生命看什么都热烈新鲜。讲到最后，我才讲到了美娜，如何见到她，她是多么开心。母亲说："美娜当年去南方也是如你一般的年纪，但她是逃难去的，哪有你如今的多情与幸运。"

说起来，我该叫美娜小姨。母亲说："你小姨是一个了不起的女人。"

关于小姨的"了不起"，母亲有着诸多证据。譬如，小姨在外数十年，每年都会给她的亲生父亲寄一笔钱，从未怨过他当年抛弃了她，有人夸赞她心胸大，她一脸的正气凛然："爹不容易，他也尽力了。"又譬如，她的四个姐姐和两个弟弟成婚有了孩子后，每年春节，小姨都会从南方寄回来一个又一个包裹，里面有每个孩子的红包，五颜六色的饼干和糖果，捎带着给兄弟姊妹们的新衣裳。姐姐们心疼她，去信叮嘱她一个人在外不容易，不必再往家里寄东西，把钱省下来，有空多回来看一看。

母亲说美娜并没有什么钱，可她就是这样一个牺牲自己的人。她像紧抓着沙子一样紧抓着自己的亲人们，热情地燃烧着自己的一切，心甘情愿地付出所有。小姨与母亲通电话，得知我要独自远行，她便数落母亲："你可真是放心得下。"母亲性格大大咧咧，对我向来是散养，她笑我都这么大了，也该出去独立。小姨却说："这地方湿气重，得吃辣，北方人刚来肯定习惯不了，再遇上什么小偷恶人的，孩子一个人该怎么办。"母亲取笑她杞人忧天，小姨说："这样的苦我自己吃过。"母亲有片刻的沉默，小姨执意要来照顾我一段时间。母亲说："你瞧，你小姨多伟大。"

次日一大早，我还熟睡着，听见屋外一阵丁零当啷的敲门声，小姨来了。我睡眼惺忪地开了门，小姨站在门口，左右两只手各提着一台小型的电风扇，右手的胳膊上，还挎着一个编织条做的白色菜篮子，里面装满了猪肉、韭菜和大葱。我满是感激，昨夜一宿没睡，才不过七月，火炉似的房子烧得我呼吸难耐，出租屋并没有安装空调，我后悔了一晚上，为何没有提前买台风扇，小姨便送来了。她把两台风扇一台摆在窗台，一台摆在卧室的门口，说不要对着身子吹，会感冒。说完，她便拐进了那狭小的厨房，给我包起了猪肉大葱馅的饺子。厨房里一会儿就烟火四溢的，我吹着风扇，看着小姨，觉得她好似我的母亲。

当我要离开时，在那座南方火车站的站台，我紧紧地牵着小姨的手，十八岁的我已不愿再与人表达显露的亲昵，可我情难自已地在离别面前流露出了巨大的悲伤。小姨摸着我的头，眼泪也在她的眼眶里转："好了好了，不要哭。人生就是一次又一次聚散呀。好好念书，下次见面，小姨再给你包饺子吃。"

可我却再也没有见到小姨。

5

甄珍六岁那年，偷偷趴在窗户玻璃上，小脸被玻璃烫得滚热。她的父亲赵启正跪在院子里，哭喊着求美娜原谅。美娜坐在客厅的一个板凳上，低着头，围观的人们看不清她的表情，她也一句话都不肯说。

阳光穿林打叶，似烧烈了的老酒，烫得每个人的脸生疼，鼎沸的日头浇灭了人们看热闹的心，躲在树荫底下的最后一拨儿人也散了。美娜才慢慢地起了身，费劲儿地一步步往外走，虚弱地说了两个字："离婚。"

任凭赵启正怎么求也没有用，不多久，赵启正就从这个城市消失了。

赵启正出轨了，出轨对象是供销大厦的一名女采购。女人们安慰美娜说那女的一看就是个狐狸精；男人们不免替赵启正辩驳，说美娜管赵启正太严，活脱脱一个老母亲。一段失败的婚姻总是两个人的过错，关于这段婚姻，美娜再也未提起过只言片语，日子久了，好似这座城市从未有过一个叫作赵启正的人。

美娜原叫甄美娜，后来改了名叫周美娜，美娜的女儿原叫赵珍珍，如今改了名叫甄珍。美娜有时想，自己究竟是姓甄还是姓周？甄珍有时也想，自己为何不姓周也不姓赵，反而姓了甄？

改革开放的春风先吹绿了南方的土地。人性被这春风温暖了，湿润了，寒冷中的困兽之斗让人疲惫，你撕我咬的斗争不再蛊惑人心。像周炳森一样深藏功名之心的人们都露出了热切的目光，只要给他们一个机会，勤劳聪慧的中国人便能掀起挡不住的汹涌春潮。

周炳森辞职了，他与月桂开了一家纺织品加工厂。第二年，他又建了新厂。第三年，周炳森去上海考察，决定举家搬迁到上海，那里有更广袤的天地。

美娜也辞去了供销大厦的金饭碗，她带着甄珍，随周炳森与月桂一起去了上海。与这座城市一别数十年，时间久了，好似这座城市也从未出现过一个叫作周美娜的人。

日子就这样过啊过！过到美娜老了，甄珍长大了，甄珍结婚了，甄珍也怀了女儿。一切在看似平静美满的钟表里静静流淌着的时候，周炳森过世的堂兄遗孀张氏却来了电话，说她瘫倒了，要美娜回去伺候。美娜有些不情愿，几十年来，她年年给老太太寄钱，这一份接班的工作，自己也算是仁至义尽了。周炳森却劝她回去尽孝，说做人做事，不能道德有亏。美娜去了不到半月，便回来了。老太太寡居多年，脾性极坏，动辄对美娜撒泼打诨、恶语相向。美娜留了一大笔钱，再也不肯回去了。

是年春节，村长又来电话，说老太太让美娜回去一趟。正值甄珍临产，美娜毫无心思，未做应承。除夕当夜，村长再来电话，说老太太在家中放了一把大火，把自己烧死了。美娜惊恐，连夜坐火车返回。她不该回得那样及时，见到了老太太被烧死的惨烈模样——面目全非，尸骨狰狞，见者魂耗魄丧、骨寒毛竖。

美娜回来后便一病不起，常常眼神涣散，嘴里念叨着张氏的鬼魂来找她索命了。她整宿整宿地不睡，或哭或闹，搅得一家人不得安生。周炳森与月桂已经八十多岁了，他们像哄小孩一样哄着美娜，带她去看精神科的医生，带她日日散步，人们常在街上看到这样三个背影：两位白发苍苍的佝偻老人，牵着一个头发花白的女人，缓缓地走着。

没过多久，周炳森也病倒了。八十二岁的月桂实在照顾不了两个人，甄珍只能将母亲接回到自己的家中。她与丈夫原在上海近郊买下了一处房子作为结婚的新房，却不料赶上了百年一遇的疫情与经济危机，丈夫的创业公司倒闭了。他们只能卖了房子，搬迁到远郊一处不到五十平方米的小房子，作为临时的住所。甄珍将卧室留给母亲和女儿睡，自己与丈夫睡在客厅的地铺上。一天傍晚，甄珍抱着女儿出门买菜，回来却不见了美娜，甄珍大惊，急忙给丈夫打了电话，两人遍寻无果，又向外婆外公求助，一家人找了一夜，准备第二天天明就报警。那个南方小城的公安局却先来电话了，说有人在供销大厦的家属院里见到了美娜，老街坊好奇去了美娜家一瞧，顿时吓瘫在地上——美娜用一根白绳上吊自杀了。

那个供销大厦的家属院里，有一处六十多平方米的老房子，常年无人居住。涂着绿漆的窗户早已斑斑驳驳，两张蜘蛛网迎风招展着，上面挂满了蚊虫的残躯。那是美娜与赵启正结婚的婚房，是新的希望向她人生招手的地方。

她想起了那一夜，忘记是在她离婚后的第几天，她仍然被噬骨的愤怒与疼痛侵蚀着，她的"父亲"、她的小姨父——周炳森来到了家里宽慰她。她悲伤自泣，匍匐在他的肩膀上放肆倾诉着自己的委屈，却没有留意，那夜的周炳森满身酒气。他忽地把她压倒，嘴里呢喃着美娜一句也听不懂的说辞，时而疯狂时而颤抖着解开了美娜的衣衫。

美娜想起了十三岁那年，夕阳西下，那个给她做肉丸子的慈祥背影；又想起了十九岁那年，举家南迁的途中，替自己输血的苍白面庞。她身子里流着他的血，她的命是被他所恩赐的，她将如何面对这一切？她想推开他，那样是不是意味着也将失去他，也将失去月桂，失去弟弟，失去这个家，失去曾经的所有？月桂又犯了什么错，要面对这罪恶的一切？

她这样想着，整个人已如沉浮在乌压压的大海里。命运重复晃动，直至死亡，永不停歇。

美娜走了。在她曾新生的地方，在她曾毁灭的地方。

在她生命的最后一瞬，有时，她的灵魂在奋力地挣扎，肉身却一动也动不了；有时，她的双腿徒步行走着，眼神却空洞洞的。有那么一刻，她还活着，却不如死了；也有那么一刻，她快死了，却仍想活着。

她一生都是这么一个拧巴着的人：一辈子都在追求独立，却一辈子打心底渴望有个依附；道德感极强，却偏偏在道德上做了魔鬼的俘虏；明明心理脆弱得要命，人们在提起她时，却又全摇着头做出一番惋惜的样子——这个女人活得实在太执拗、太刚强。到最后，在她时而疯狂时而糊涂的精神病晚期，竟又那样清醒明白地了结了自己的一生。

美娜是坐船回去的。她买了一张摇摇晃晃的船票，又一次看见了大海。

帅萌版
毕啸南

她的一生，自六岁那年起，便是流浪的一生。她越走越远，从北向南，走遍了黄河、长江、湘江、珠江，她这样一个瘦瘦小小、精明能干的女人，靠着一双手和一双脚，流浪了大半片河流与土地，始终不肯回头。最后又走了"八千里路云和月"，魂归了故里。那是她这一生，唯一一处希望曾向她招过手的地方。

一个一辈子都想抓住命运的女人，终于在死这件事上活了一把。

为了女儿，也为着自己。为着自己，也为了女儿。

为了女儿的女儿。

Never
Kneel

跪

么

跪

—

沉舟侧畔
千帆过

病树前头
万木春

·

《酬乐天扬州初逢席上见赠》
刘禹锡

命运不仅要他弯下腰，还得让他学会往下跪。

陆 **跪么跪**

I

到了八月末，立秋过后，小城的天气忽地就不一样了。连着下了十几日的缠绵不断的雨，说停也就停了。湿热的空气变得干燥清爽，上午十点多钟，日头像煮透了的蛋黄，焦艳艳、香喷喷的，满院子匆忙奔波的人们脸上刚起了一层细细的汗水，转瞬就被一丝丝冰凉的风吻散了。

宋远斜倚在院子里的墙垣一角，双手十指相扣，交叠在小腹前，指尖不自觉地彼此摩挲。他的眼神飘忽着，一会儿抬头看看天上的云，一会儿又瞥一眼那几株已开得快要落幕的月季花，十六岁的他在这喧闹里更显得孤独寂寞。

十六岁这个年纪，着实有些尴尬。他的胡青已冒得密密绒绒，可眉眼依旧是孩子的柔软轮廓，男人那些桌他是上不去的，可随奶奶坐在女人堆里，他又实在憋闷得慌。喜宴还没正式开始，他趁奶奶和一旁马婶唠嗑的闲当，赶紧逃了出来，他大口呼吸着初秋的空气，才又稍微自在了一些。

院子里叽叽喳喳的吵闹声忽然停了，孩子们也不哭闹了，人们仰起脸，看着一对男女从堂屋走了出来。男人身着一套深紫色绸缎料子的中式唐装，前后各绣着四团福字暗纹，他的头发应是刚刚染了色，黑得整齐古板，眉毛却仍是花白两道，嵌在褐色的脸面里，好似两弯混浊的月牙儿挂在了秋收后千沟万壑的土地上。女人穿了一件绣金丝多瓣牡丹花纹的哑红色旗袍，细小的脖颈上挂了一串亮白的珍珠项链，鸡脚似的右手腕上晃荡着一只晶莹剔透的玉镯子。她干瘦的身子藏在旗袍里，秋风那么一吹，旗袍就成了道袍，在她身上摇摇晃晃。宋远觉得二妈像一只骨瘦如柴的风筝，母鸡形状的风筝，鸡架子又薄又小，穿戴的羽毛却光彩浓密。宋远正思忖着，这时酒席里一个孩童扯着稚嫩的尖嗓子叫唤了一声："快看，好漂亮的新娘子！"

人群"哄"地大笑了起来。一个爷们儿在另一桌上回喊："傻小子，论辈儿你得叫她大姨姥姥。你可得擦亮了眼，长大了可别被女人拐了去！"

"你还要点儿老脸不？当着孩子的面净瞎说。"另一桌上，一个女人拔着她那浑厚的女中音撑了回去。众人又嘻嘻哈哈着欢快起来，粗俗的玩笑把这些大大小小的日子添置得格外热闹。

席开十二桌，宋远与奶奶坐在第二桌。凉菜开始起菜了，人们却都不下筷，纷纷仰着头，像待哺的幼鸟，等待着新娘的出场。

"你说老宋也真够可以的了，"酒席上，邻座的马婶把脑袋凑到宋远奶奶眼前，小声嘀咕着，"慧珍在外面打工，才二十岁就领过一个男人回来，眼见着马上就要结婚了，老宋给她把车子也买了，房子也装了，我们连喜帖都收到了，结果那孩子干的是啥事？结婚前一周，愣是不肯结了。人家小子那边直接翻脸了，车子、房子，一分钱都不退！"马婶说得偷偷摸摸、轻声细语，跟打情报战似的，整个脑袋差点儿趴在桌面上，眼珠子都不肯往上抬。才不过几句，她又兀自兴奋起来，脸一斜、嘴一歪，把嘴角歪到耳根子底下，她说到关键处，故意停下来，等着宋远奶奶给个反应，可老太太只是嘴角扯着几道皱纹干巴巴地笑笑。一碟子老醋花生摆了上来，宋远奶奶夹了两颗到马婶碗里，用胳膊肘轻轻拐了拐她的肩膀，"啊啊啊"地示意着，让她先吃口菜。

马婶麻利地把花生放到嘴里，她一边吧唧着嘴，一边又接着说："你说老宋，一辈子在工地上打小工，和水泥，推沙子，给人家瓦子[1]打下手，真是最不值钱。老鞠这个样儿，一年光吃药就得花多少？他们节省了一辈子，买车子装房子，得十几万块啊！就这么白白打了水漂。我们街坊邻居都看不下去了，也不知道慧珍这丫头到底是咋想的，这不败家吗？她妈也急了，说：'你早干啥去了，事情临到头了才说不想结？'她说那男的动手打过她。她怕那男的，怕得天天晚上做噩梦，这婚要结了，她这辈子就算完了。"

---

1 瓦子：胶东方言，瓦工。

宋远低着头吃饭，趁着下筷子的工夫，偷偷瞥了马婶一眼。她长得又肥又矮，脖子一秃噜全掉到肩膀里，只剩下一个浑圆的脑袋，活脱脱一只聒噪的鹌鹑。他还不到明辨女人滋味的年纪，对女人却多少已有些模糊的轮廓。他打心底自然地厌烦马婶这样唠唠叨叨的女人，耳朵却又不受使唤似的侧向她那边。他脑子里甚至冒出了一个乱糟糟的画面，要是妈妈没有走，还守在他们身边，要是奶奶不是个哑巴，是不是平日家里吃饭也会是这样叽里呱啦的一片？宋远早就习惯了一个人吃饭，安安静静地，他暗自揣摩着这两种滋味，倒也觉得都好。

　　"不过话又说回来，俺们也打心眼儿里佩服老宋，"马婶又夹了块拌黄瓜往那黑洞似的大嘴里送，"你说这事换成谁不得气个半死？嘿！人家老宋，愣跟没事人似的。亲戚们都问他打算怎么办，老宋光摇头，说：'还能怎么办？感情的事，总不能糟践孩子。婚姻就得找个实心实意的，要是过着遭罪，这婚不如不结。'嘿！他这么一说，弄得来替他教训慧珍的亲戚们全都傻了眼。"

　　宋远的心思在马婶念经似的叨叨里早就不知神游去了哪儿，这时，各桌酒席中忽地传出了阵阵口哨声、尖叫声、欢呼声，一个男人牵着慧珍的手，款款亮相了。

　　她圆圆的大脸，粉白里掩着桃红，一笑起来眉眼都挤到了一处，像极了奶奶蒸的那一锅一锅的大花馍。十六岁的宋远看得羡慕，他转头趴在奶奶耳边说："奶奶，将来我也要讨个慧珍姐姐这样的老婆。"

宋远奶奶笑得合不拢嘴，她满脸的沧桑结成了一朵烈日下的菊。

2

一九九五年的初春，和往常并无不同。自惊蛰起，至清明左右，野菜在山坳里疯长。这些时日，全村的女人都会出动，一人挎一个篮子，拿一把铲子，在山涧旁、沟谷边、麦地里，哪儿哪儿都是她们色彩斑斓的影子。

这一年宋远八岁了，他扛着一把小锄头，屁颠儿屁颠儿地跟在奶奶身后。路边新发的嫩芽纷纷冒出通明的色彩，羞答答地藏在乌棕色的老叶子里。村野人家种的桃树、杏树、樱树都已鼓出了小小的芽苞，等待盛放。田地里，去年农历九月种下的麦子在沉睡了一个冬天后又开始可着劲儿地发青。鸟鸣雀语，风涌溪流，一切周而复始，万物重又复苏。

今儿个一早，母亲说她昨夜受了凉，拉了一晚上肚子，不能和他与奶奶去山里挖野菜了。他懂事地摸了摸母亲的肚子，又小心地揉了揉，仰起小脸："妈，你在家等着，俺和俺婆挖一大篮子回来，给你包饺子！"

母亲摸着他软软浓浓的头发，送他到了门口。宋远回头瞧了瞧倚在门框上的娘，她薄薄的嘴唇右上角有颗红豆似的痣，当母亲冲他淡淡一笑时，那颗红豆就飞了起来，好似一粒载满了相思的星。他又紧紧盯了一眼母亲飞舞起来的痣，欢快地蹦跶着，天真而满足地追奶奶去了。

荠菜是最鲜美的，辣荠菜看似肥硕，口感却欠佳，于是分辨它们的差别便成了他的头等大事。马扎菜可以包饺子，曲曲芽用来煮汤，苦菊消炎去火，茉莉子则只是能果腹罢了，这些常识，都是母亲教他的。母亲最爱吃荠菜馅的饺子，父亲则最爱喝苦菊蛋花汤，宋远蹲在地头儿一棵一棵仔细地挖着，等日头晒到了他脖子后面，那只奶奶亲手编的篮子里，已被这祖孙二人装下了一整个春天。

他一路小跑地赶回家，跑一会儿便会停下步子来，回头去拉着气喘吁吁的奶奶再走快点儿，奶奶气得弹了他两个脑瓜嘣儿，他就挤眉弄眼地做出个鬼脸逗奶奶。他多么想早点儿让母亲吃上用他带回来的荠菜包的饺子呀——这荠菜，在太阳底下流溢着绿玉似的鲜美！这么想着，他的口水都要从小嘴巴里流出来了。他跑呀跑呀，终于跑回了家，母亲不在院子里，他两只小手抓着篮子的把儿，又跑进里屋，母亲也不在屋子里。只有父亲一个人，一动不动地躺在那个糊着旧挂历的土炕上。

宋远跑到父亲跟前，费力地举起双手，托着那只被野菜压得扎扎实实的菜篮子："爹，你看，这些都是俺们挖的！"他把眼睛瞪得老大，瞧着这个躺在炕中央一动不动的男人。父亲却一直盯着头顶的房梁，像没听见似的。宋远顺着父亲的目光看上去，那木梁一半的柱子都已裸露在泥灰外，风要是大了，它还会轻轻抖几粒微尘下来，整个破旧的房顶好似都跟着一块摇摇欲坠。宋远拎着重重的菜篮子一动不动，静静地等待着。好一会儿，他实在拎不动了，才把篮子轻轻放到炕沿上，伸出一只稚嫩的小手，碰了碰父亲干瘪的肩膀，父亲这才转过头来。他看了一眼儿子，两排混浊的泪就那么悄无声息地掉下来。

八岁的宋远还不知道，自那一日起，母亲便永远地消失在他的生命中。

3

宋远的父亲三年前从工地一座六层的楼上摔了下来，两条腿就那么废了，终身残疾。一向温和的父亲残疾后像被厉鬼附了身，动辄对着近身的人打骂。母亲忍耐了三年，还是抛下宋远，一个人走了。她走的时候，只带走了一个尼龙编织袋子和几件破旧衣裳，家里一共两万六千块的存款，一分没少地包在炕头的包袱里。

母亲走了，这样一件天大的事，父亲却只跟宋远说了一句话："都是我造的孽，别怪你娘。"

八岁的宋远还听不懂这句话里藏着多少意思。夜里，他把脑袋埋在哑巴奶奶干瘪而柔软的肚子上，一只一只地数着羊。以前，母亲也离开过那么一两次，他就这么数着羊，数着数着就睡着了，睡醒了，一睁眼，母亲还躺在这个漏风滴雨的土炕上。这天夜里，他卖力地掰着自己的手指头，"一只羊，两只羊，三只羊……"他小小的头脑猜想着，数到多少只，母亲才会又回到他身边。他浑浑噩噩地睡着了，早晨四五点，又被一个浑浑噩噩的梦惊醒了。他摸着夜色下炕去院子里尿了个尿，天边的云已泛起了青光，他回到炕上，想和往常那样替父亲翻一翻身，父亲的胳膊却冰凉冰凉的。他扯着墙角那根吊着灯泡的红绳，"啪嗒"一声，油黄的灯亮了。父亲的嘴唇比锅灰还要黑，十根弓缩的手指跟死了的麻雀一样。一个敌敌畏的空瓶子，倒在他的右手旁。

一九九五年的春天，对世界来说并无半分不同。但那一年的春天里，一个八岁的孩子，从此失去了父亲和母亲。

宋远母亲走的那天下午，奶奶坐在院子里那棵老杨树底下的板凳上，她静悄悄地坐着，盯着院子里那二十多只来回踱步吃食的母鸡。她从晌午盯到日落，才缓缓地站起身来，挺直那弯曲的腰板儿，走到院墙的角落，两只黑不溜秋的手抱起几根发着霉味的木头，又缓缓地坐回灶台前，生火做饭，一如往常。宋远父亲走的这个夜里，她说不了话，她盯着一动不动地躺在炕头的儿子，伸出一只只剩皮骨的手，突然几个大巴掌扇在他乌紫的脸上，又把整张身子扑到他青黄的光秃秃的脑袋上，抱着"啊啊啊"地哀号。

她一辈子只能发出这么个声音，悲喜都是。

宋远的奶奶，生下来就是个哑巴。在宋远的记忆里，哑巴奶奶总是日复一日地重复着那些永恒的动作：弯着腰生火，弯着腰捡垃圾，弯着腰摸摸孙子的头。八岁的宋远便也学会了弯着腰煮饭，弯着腰种花生，弯着腰割麦子，他揣摩出了一个道理，只要肯弯下腰，人就能活下去。村子里的乡亲们见着这一对总是弯着腰的祖孙，纷纷摇着干涸的头，他们同情这背负着枷锁的一老一小，却也再没有更多的叹息。都是身在泥土里，个个儿都活得力不从心。

可弯着腰的哑巴奶奶驮不起太多的负重。到宋远念初中时，村子里念书的孩子就要住在县城的学校里，吃穿用度都要钱。哑巴奶奶死也不肯动包袱里那两万六千块，那是她儿子拿命换下的，她暗自指望着，将来宋远能靠着这笔钱讨上一个好老婆，她到了地底下，也好对那短命的爷俩有个交代。她带着宋远一家一家地向远亲近邻们敲门借钱，好心的人们往宋远手里塞两个熟鸡蛋、几穗玉米或半篮子花生，哑巴奶奶使劲儿地扯着宋远的衣摆，他才一次次犹豫地张开嘴，可兹要[1]一提钱，甭管是大姑还是二姨，谁也不撒一个钢镚儿的口。

亲戚们脸上挂起刻意的热情，把这祖孙俩匆匆送出门口，哑巴奶奶"啊啊"地讨好回应着，用力地挥舞着那只苍老的手，在这一场场仓促的告别里隆重又滑稽。宋远默然地站在一旁看着留着相同血液的亲人们酸苦做戏，他牵起奶奶的手往回走，可奶奶却与他僵持着，似乎有一头牛那么大的力气。"咕呱咕呱"的蛙鸣声越来越响，他们走到了村口的这条小河沟，小河沟旁是宋怀山家的门口，跨过这条沟，宋家沟也就到了头。

宋怀山听到有人"咚咚"地敲门，他一开门，哑巴奶奶就"啊啊啊"地呜咽着，"扑通"一声跪到他门口。

"大娘啊，你这是干么[2]，有么事咱不能好好说？"宋怀山伸出两只粗壮的手臂提着哑巴奶奶的腋窝把她拉起来，他又回过头扯起宋远的手，月光如注，三个人相互牵扯的影子摇晃在青灰色的墙面上。十三岁的宋远木然地跟在宋怀山的身后，他两只脚刚跨进门槛，余光瞥见了正凄凄哀鸣的奶奶，他感受到全身的鲜血都

---

1 兹要：胶东方言，只要。
2 么：胶东方言，"什么"的意思，有时也表示"没有"。

在倒流，笨拙地张开了口："二爸，俺想跟你借两千块钱。"

这个傍晚，这句话他重复了九次。他一次次地体味着，那好像是一句魔法，只要他开口，便能换回几个鸡蛋、几穗玉米、几斤花生，几分怜悯、几分轻鄙、几分凉薄。他知道，到了村里的这条小河沟，宋家沟的地界就到了头，哑巴奶奶将失去她最后的希望。这么想着，他那孱弱瘦小的膝盖骨开始一寸一寸地往下滑，命运不仅要他弯下腰，还得让他学会往下跪。

"个驴子劲的[1]，你想干啥？"宋怀山脸涨红了，他愤怒地一把扯起想要跪下的宋远，"你要跟你参一样没出息吗?! 跪么跪！"

宋远就这么被他粗犷的怒吼唬住了，他瘦小的脖子被他提在手心儿里，像只待宰的羊羔。

"你这是干啥啊，赶紧放下他！"一个瘦骨嶙峋、弱不胜衣的女人从里屋往院子里走。宋远侧过头，看着她缓缓递过来一双手，那两只慢慢伸出袖子外的手——十指粘成了两个球，个个都分不开，好似两团丑陋的肉瘤。就是这样一双奇幻的手面上，擎着一个大红色的塑料袋子，她挪动着腿脚，走上前来，把袋子塞给了宋怀山。宋怀山放下宋远，接过袋子，转身又递给了哑巴奶奶。哑巴奶奶打开袋子，里面是一沓整整齐齐的钱，她数了数，整整三千块。

大人的世界是没有钻心的笑的，十三岁的宋远已经是一个大

---

1 个驴子劲的：胶东方言，一种口头语。

人了。这样一件高兴的事，他终于略微动了动枯涸的嘴角，眼睛和眉毛却好似北方冬日的水面，在冰雪里被永久地封存。

"不要怕，以后二爸供你读书。"宋怀山蹲下身子，两只手搂过赢弱的宋远："你记着，咱们永远都得挺直了腰板儿活着。"

4

昆嵛山北麓山脚下的这个小村庄叫宋家沟，宋家沟里住着的人十有八九都姓宋。宋怀山与宋远的父亲光着屁股一起长大，又是一起参的军，两人年轻时在部队里起过誓，以后结了婚生了娃，要是一男一女，一定做个娃娃亲。

宋怀山婚结得早，宋远的父亲却先有了后，宋怀山笑哈哈地来喝孩子的百日酒，等宋远"咿咿呀呀"开口说了话，宋远父亲让他喊宋怀山叫"二爸"。宋怀山说："你这是同情我啊，怕我没了种。"宋远的父亲眉飞色舞地拍了拍他的屁股，叮嘱他夜里多加油。

人人都说是宋怀山娶的媳妇儿不争气，要不怎么两年也听不见肚子里闹动静。小夫妻俩远近医院跑了个遍，到底查了出来，病根儿是鞠香的宫寒。到了第四年，宋怀山实在不忍心再看着鞠香天天喝那些毒药似的汤汁，他与她商量着："生恩不如养恩大，不如去孤儿院领一个娃娃回来养。"鞠香抹着眼泪点点头，他们领回来了一个五岁大的丫头，宋怀山把家里的《新华字典》都翻烂了，给女儿起了一个大名叫慧珍。

慧珍八岁左右，鞠香风湿的旧疾愈发严重，手脚逐渐萎缩，稍有些重量的东西都提不动。一日她早起给慧珍下馄饨，烧了沸水的大铁锅盖子直接从她手指缝里往下滑，砸到她薄薄的脚面上，烫出一层又一层海蜇皮一样的脓包。鞠香先是从工厂辞了职，最后连生活也难以自理。宋怀山日日天不亮就得起床给母女二人做好饭，中午休息时再骑着大梁自行车跑个往返，这么一天天折腾下来，没过两个月，宋怀山的脸颊便瘦得像一个被风抽干的蛤蜊皮。

鞠香的母亲知道了，说这样下去也不是个办法，她嘱咐宋怀山把慧珍送到她那里去，她多少能照应着些。宋怀山常常在半夜里偷偷去瞧一眼熟睡中的女儿，这丫头，饱尝了人间的苦，再让她颠沛流离，他是一万个不忍心。可宋怀山的工作时常三班倒，他实在被逼得没了办法，再怎么舍不得，也得抱着女儿送到她姥姥那里去。慧珍的姥姥在徐州，轰隆隆的绿皮火车要走上十来个钟头，一路上他的心都被慧珍给哭碎了，他搂着慧珍讲："爹就是不吃不睡，也要早点儿治好你娘的病，早点儿把你接回来。"

宋怀山食了言。没钱的人从不缺小病，小病渐渐全熬成了大病，鞠香的病一日比一日重。慧珍月月跑去村口，月月不见来接她的人。

慧珍在姥姥家长到十七岁才回到了宋家沟。慧珍姥姥电话里说再也管不住她了，这么小的年纪竟然跟男人乱搞，还怀了孩子流了产，真真是丢不起这个人了。宋怀山听得如被天雷轰了顶，他拉上鞠香说什么也要去把女儿接回来，可等见了面，慧珍却连眼珠子都没正经往上抬，她打心眼儿里怨恨他们。正是女孩子叛逆的年纪，她两耳打着耳洞，小臂上文了一条青蛇文身，几条蓝紫相间的彩辫子绑在乌黑浓密的头发上，在这个村庄里，走到哪儿都被人指摘。宋怀山自觉有愧，左右也不知该如何劝导她。

　　慧珍念书不好，在家混了两年多，宋怀山安排她去了县里一家纺织厂上班。才不到一年，一日慧珍回来跟鞠香说，她又怀了孕，她爱上了厂子里一个眉清目秀的小伙子，两人爱得火热，慧珍死活都要嫁给他。不过两个刚满二十岁的孩子，宋怀山哪里能同意。可鞠香说，慧珍曾流过产，要是这个孩子再流掉，以后怕就不好怀了。宋怀山咬咬牙，拿出了半辈子的积蓄，主动去替那男娃子盖的房子装了修，又额外添置了一辆小轿车。两家老人见面时，他总是拉着亲家的手反复摩挲："闺女跟着俺受了苦，你们往后千万别亏待了她。"

　　可马上就要举办婚礼了，慧珍却突然在拍婚纱照那天哭着跑回了家。她说孩子被她流掉了，那男的常打她，这婚结不了。宋怀山一听气得脑袋冒烟，拔腿就冲到男方家去理论，两家人你推我搡地缠在一起。事了，宋怀山对慧珍说："你不想嫁就不嫁，天塌下来还有爹。"

慧珍这才呜呜噭噭地扑倒在宋怀山怀中。自打记事起，她就知道他们不是自己的亲爹娘，亲爹娘把她遗弃在孤儿院门口的一垛草料里，她又被人带回了一个叫宋家沟的陌生村子。她在宋家沟过过一段惴惴不安的日子，等她一颗心悄悄落下了，又在轰隆隆的火车声里被送去了远方。她生就是一朵浮萍，无根无影，只要有风给她送来那么一点儿怜爱，她就恨不得马上跟着它一起走，爱得任性又癫狂！

宋怀山从来不向生活低头，可老天哪在乎他这么颗破脑袋。他越活能顾及的人就越少，光鞠香和慧珍这两个他最亲近的女人就活活把他压得喘不过气来。宋远的父亲从工地上摔下来后他还去看望过几次，可岁月无声之间就把人折腾得面目全非，年少的豪情和往昔的情谊都被埋在了记忆的墙角，直到哑巴奶奶带着宋远找上门来，他才战栗着惊醒，这可怜的孩子，也曾叫过他一声二爸。

宋怀山与鞠香商量着，过惯了苦日子的人不怕苦，两人再勒勒裤腰带，把宋远培养成人。鞠香了解宋怀山，他重情重义，见着这一老一小，他于心不忍、良心难安。可她也有着自己的打算，她知道自己这寿命长不了，嫁出去的女儿泼出去的水，况且以慧珍的性子将来也未必指望得上，她眼下过得苦一点儿，等她走了，或许老宋多少还能有个倚靠。二人各怀着心思，却一样地视宋远作珍宝。宋远自此每个周末从学校回来都和哑巴奶奶住到二爸二妈家，宋怀山和鞠香日日变着法儿地省出些好吃的给宋远补营养、长身体。

等宋远念了高中，学校是封闭式管理，周末也不能回家。一日班主任在教室外喊他的名字，说是爸爸来找。习惯了低着头的宋远在教室最后一排抬起一双清明的眼，晃着高高的个子站起来，烈日闪耀着刺向他，刺得他迷离又清爽。多少年，他每一次听到教室外的老师喊着同学们的名字，喊着"某某某，你爸爸、妈妈来找"，他竖起了耳朵听着，却把头埋到更低的地方。

风越过他的发梢，阳光随着他的步子晕出飘移的剪影，他走出教室，宋怀山咽着一口满是黄渍的牙站在走廊里。他指着窗户外的一辆三轮车："臭小子，你奶奶和二妈大半个月没见你，就想得不得了。她们偏要催我来看看，你瞧，做了一车好吃的，你下来帮我一起往上搬。"

宋远顺着二爸的手指头望过去，锈迹斑斑的三轮车斗儿里，红包袱包的发糕、炸麻花、豆馇馇，大大小小的玻璃罐子里酱的豆腐乳、腌茄子和萝卜干，白花花刚长了霜的地瓜干堆成了一座小山包，宋远这样看着，他抬起手搓了搓眼角，眉眼被牵扯着全都生动了起来。站在一旁的班主任不免感慨："宋远啊，你可得用心学，要不怎么对得起你这么好的老爸。"

宋远狠狠地点点头："爸，你放心。"

5

宋远念高三那年，鞠香去世了。她就是那么轻轻地摔了一跤，就再也没有从医院里走出来。

清醒时，鞠香在医院里用她那婴儿大小的手反复搓磨着慧珍的手，满脸的慈祥："见着你成了家，俺也就没什么遗憾了。"她又叮嘱宋怀山先不要通知宋远，正是高考关键的时候，千万莫扰了他的学习。宋怀山擎着土灰的脸，茫茫然直点头。

老天偏欺老实人，鞠香那点儿可怜的心愿到底是没实现。来年春日的一个傍晚，宋怀山如往日一样骑着电动车下班，一个五六岁大的孩子"嗖"地从一侧的绿地里横冲出来，跑到马路上，宋怀山急转车把往右躲，整个人直接从车上蹿起来，一个跟头飞到了沿路护城河的河堤上。孩子的父母惊叫着跑进人来人往的车道里，聚集的人群熙熙攘攘，乱成一团。

慧珍来学校通知了宋远，宋远站在病房的门外不肯进。许多蛾子一样的飞影在他眼前嗡嗡作响，他隔着门上那一条窄窄的玻璃往里瞧，里头躺着个一动不动的男人，好似他八岁时拉开灯绳后看见的那个死去的父亲。

宋远十八岁了，他已经领悟到，命运这东西，逃也无处可逃。

小男孩的父母来探望过宋怀山。第一次，他们一家来了十几口，个个哭得鼻涕满面，他们紧握着哑巴奶奶的手，小男孩的父亲往她手里硬生生地塞进了一万块钱。宋怀山第二次动手术时，是小男孩的母亲拎着两箱牛奶一个人来的，临走时，她拍了拍宋远的肩膀，留给了他一张字条，说那是他们家的地址，叮嘱他有任何困难尽管来找他们。到了第三次手术要交钱，这家人却迟迟不见踪影。宋远照着地址去找，却只看见远近千米，一片废墟残瓦，周遭大树孤影、雀鸟了无，几朵黄色的野菊覆于垄土之上，十八岁的宋远站在阵阵春风里，感受着好一个寂静的春天。

宋远牵着哑巴奶奶的手回了家，他掀开横放在炕头上的衣柜，从一层又一层的被褥底下掏出了那个大红的包袱，哑巴奶奶冲他"啊啊啊"地直点头。宋远数了一遍又一遍，这两万六千块，总算在这个土炕上走到了尽头。

宋怀山的手术算成功，一条腿虽然截掉了，但至少保住了性命。处熟了的年轻护士时常替他抱不平，总爱叹口气："为了这家没良知的人，真是不值得。"宋怀山这时就朝着那护士咧着嘴笑，一边伸出手去摸一摸坐在一旁静静削着苹果的宋远那滑溜溜的头：

"没啥值不值得,那一刻谁能想那么多。一条腿是没了,但咱做人的腰杆儿没有断。"他又把手伸到背后,摸了摸脊梁,打趣着说:"还是直的!"

慧珍很少到医院来。她婚后的生活依然充满不幸。生下女儿后的第二年,她的丈夫经人介绍去了柬埔寨打工,自此两年多就没有再回来过。第三年冬天,公安局来了人,通知慧珍,说她丈夫在菲律宾跟着蛇头干偷渡人口的活儿,一回国就被拘捕了。慧珍听得两眼一抹黑,她根本不知道,他何时又去了菲律宾,又在哪天回了国。她一个人拉扯着女儿过着清苦的生活,宋怀山瘫痪在床的那大半年,她每隔一段时间回去看上一眼,也不愿再做得更多。

一向话不多的宋远有次见慧珍姐走后二爸多喝了几杯酒,他坐在炕的另一头陪着二爸,小心翼翼地开了口:"二爸,慧珍姐过得苦,你可不要埋怨她。"

宋怀山黑里透着红的脸皮抖动着笑,他又饮尽了一杯酒,长吁了一口气,含糊着说:"傻小子,哪有当父母的会怨儿女的。"他摇摇杯中酒:"你姐打小儿和我没感情,其实她做得已经很不错了。"宋怀山顿了顿,又指着宋远的鼻子接着说:"远啊,你爹妈是犯了错,他们不好,活得没有腰杆儿,怎么能这么软弱?可你也别怪他们,等你再大点儿就明白了,人这命啊,没法儿说——没法儿说。"

宋远见二爸喝醉了酒,他把二爸扶在炕里头,又帮奶奶一起收拾好饭桌。他反复回味着二爸刚刚的那句话："人这命啊，没法儿说。"

宋怀山与宋远商定好，只要他能在半年内练习好拄着拐杖走路，宋远就回到学校复读，重新高考。宋远想在此之前赚钱给二爸安上一个假腿，他找到了一个给大排档兼职打工的工作，每天早上五点起床，和奶奶一起照顾好二爸洗漱、吃饭、如厕，就去赶第一趟班车。他每天要在傍晚五点前把面筋、羊肉和火腿肠穿成几千个串串，宋远干得伶俐，一天下来能挣一百三十多块钱。

九月就要到了，那又是一个开学的时节，宋怀山终于能靠自己撑着拐杖走上几里路。这日宋远正蹲在饭店的后院里穿火腿肠，老板娘眉眼笑着在门口喊："宋远，你爸和奶奶找你来喽！"

他们一家三口坐在院子里，三个人默默地剥着火腿肠外面那一层薄薄的红色的膜。宋远时不时抬起头看看奶奶和二爸，奶奶是个哑巴，二爸也沉默。他们齐齐地闷着头，拿出了吃奶的劲儿似的卖力干活儿，这满园秋色的院子里，只看见红色的火腿皮被剥落了一地，窸窸窣窣，婆婆娑娑。

立秋过后，小城的天气变得干燥清爽，上午十点多钟，日头像煮透了的蛋黄，焦艳艳、香喷喷的。

A
Road

一条路

——

无可奈何
花落去

似曾相识
燕归来

·

《浣溪沙 · 一曲新词酒一杯》
晏殊

那天傍晚，落日抱着荒山沉落，大佛寺前火烧云翻涌滚动，红缎织锦、金丝游线，苏兆和望着天空痴痴地想，何时才能娶佩秋做他的新娘，这漫天的云朵也是她的千里裙摆、万里红装。

柒 一条路

1

生安安的那天，地狱向这对母子张开了血口。

佩秋躺在产床上，她张开双腿，觉得世界空荡荡的。昨天下午，她的身上出现了大面积的红疹，瘙痒难耐，全身像被刀子刮过一般，一刀又一刀，刀刀刺骨。医生说是胆汁淤积，让她留院观察。到了夜里，佩秋才意识到，白天的疼不过是伏笔。宫缩，是女人体内的五马分尸，活生生地要把她撕裂。间歇性地，她死了过去，又恍惚着活了回来。苏兆和的胳膊被她咬出一排排血红的牙印，吞噬着哭泣的玫瑰。佩秋一秒钟也不想待在这个鬼地方了，她连喘气都能嗅到血的味道。

一个年轻些的大夫说："你怕是要早产了，胎位不正，最好剖腹产。"另一个大夫从佩秋身边走过，好似在和那个年轻的大夫争论，又好似在自言自语，他嘴唇微微嚅动，细声嘀咕着："看胎位最好还是顺产，要不对孩子影响不好。"佩秋已经痛得听不见他们在讨论什么了，她只听得见"对孩子影响不好"几个字，整个人就崩溃了。

佩秋坚持要顺产。

医生自她的胸部下部、肚脐上部、宫底的位置，一路推按。另一名医生将手指伸到她的体内，再次做了内检，说宫口已经开了八指。他们在她最羞耻之地——女性的伊甸园——切开了两个大口子，又缝补了回来……

佩秋的身体承受着这一切，脑子里飘荡的却全都是那些女人的模样：她的妈妈、她的婆婆、她的姑姑……她认识的所有已经成为母亲的女人。女人因为诞育生命，更能体味生命的伟大。这样的想法飘荡着，在这要了命的疼痛间，佩秋竟然思绪神游了片刻，她看见自己站在一片金灿灿的麦地里，许多母亲环绕在她身边，满目含情地注视着她。她走上前去，一一拥抱这些女人，她们的身体沐浴在橘红色的神光里，神圣得让人感动。

产房里另一个女人呼号的声音像驴子发怒时的尖叫，"嗯啊嗯啊"地循环，尾调上扬，中气十足，她叫得不管不顾，整个房间都回荡着她略显滑稽的喊声。有那么几次，佩秋疼得已经快要昏过去了，又被这女人杀驴子般的叫声惊醒。佩秋九岁那年，爸爸牵着她的小手，去一家熟肉店置办年货，听到内堂一头驴子在凄厉地哀号。佩秋听得眼泪都要掉下来了，爸爸摸摸佩秋的头，叹气说："那是它的命。"他用一双厚大的手掌捂住佩秋的耳朵，企图护佑她逃离命运的悲鸣。

早产加难产，佩秋生得艰辛。医生鼓励她，疼就使劲儿叫唤出来，可她铆足了劲儿，却仍只是踩在一团棉花上。突然间，她听见产房里发出了一阵奇怪的轰天巨响，"哇哇哇"地唤个不停，比驴子被杀的叫声还新鲜激烈——隔壁的女人生了。佩秋多想瞧一眼那新生命的可爱模样，可她实在连转头的力气也没有了。又过了几十分钟，也可能是几个小时，安安，佩秋的儿子，从他母亲的肚子里伸出了一只奇怪的左脚，像鸡爪一样瘦骨嶙峋的左脚。

佩秋是清醒的。她先是听到医生惊慌地喊："哎呀，糟了！先出来的是左脚，头被卡住了。"一会儿，她又看到孩子被医生抱去了一个台桌上。苏兆和被叫了进来，医生对他说："小孩生成这样，不是医院的问题。"苏兆和好像并没有听懂医生在讲什么，傻傻地一直点着头，眼睛却盯着佩秋，这个两腿劈开、奄奄一息的女人。

佩秋是糊涂的。她迷迷糊糊地看到一个畸形的、恐怖的婴孩死死地缠绕着她，那婴孩眼睛凸鼓鼓的，像一条硕大的死鱼；他的脑袋肿成了一个巨大的球，耳朵粘在脑袋上，皱成一团；他的四肢好似鸡爪，又像没成形的青蛙。

她生了一个怪物。

2

人间四月芳菲尽，山寺桃花始盛开。那年胶东塑料厂门前的桃枝刚吐花苞，佩秋就来了。

佩秋肌肤粉嫩、姿仪婀娜，眸子里总挂着清晨流转的露珠，塑料厂的男人们看见了，眼睛都随她去了。佩秋喜欢桃花，于是爱慕她的小伙子们，人手一株桃花枝，在拂晓、在日落、在佩秋走过的地方，他们热情地哼着小调儿，你争我夺，想送一朵，开在佩秋的笑颜里，开在她的心窝上。姑娘们挽着佩秋的胳膊，朝汉子们啐了一口，那群起群落的铃铛般的欢笑声就越走越远了。

苏兆和也喜欢佩秋，他们在同一个厂间，可他却一句话也不敢和她说。他个子不高不矮，样貌不丑不俊，右额角还因小时候的一场车祸留下了一处大疤。他性格木讷、寡言老实，和厂子里一众热情的逐花者形成了鲜明的对比。苏兆和长这么大，在旁人眼里没有半分出挑的地方，可他自己心里明白，自己的这条命是多么宝贵。他八岁那年，随父亲乘坐一辆大巴车回老家，路上遇到了车祸，等警察来的时候，父亲的整段下半身已全被埋在了车底，上半身却像麻花一般，扭成九十度角匍匐向前。苏兆和被父亲紧紧地护在怀里，全身无伤，只有额角留了个疤。警察把苏兆和交到他的母亲手里，说这是生命的奇迹。

再平凡的人，心里也种着一个只属于自己的伟大梦想。苏兆和这辈子，最大的梦想就是像他父亲那样，做个好父亲。

都说爱情无迹可寻，其实爱情这东西是命数，都在补命里最缺的一块。佩秋心底最深的渴望，也是有一个家，一个只属于自己的、安稳的家。

佩秋十一岁那年，跟着姑姑从山东内陆来到了胶东，再往前数二十年，佩秋的姑姑跟着佩秋姑姑的姑姑也是这样迁徙而来的。她们世世代代住在大山里，与贫瘠的土地相依为命。姑姑说，这是她们家的习俗：谢家的女儿们，嫁出去或走出大山的姑娘，一旦能在城市里落地生根，就会想办法从老家的下一辈中带出一个姑娘来。佩秋的父亲算是个教书先生，他患有哮喘，边种着几亩薄地，边给附近五六个村子的孩子们当老师，既教数学，也教语文。姑姑带佩秋走的时候，父亲站在车窗前，双手托着一麻袋的花生递给她，他摇晃着一双根茎密布的手，喘息着说："走吧，土地不养人。"

佩秋六岁可洗衣，八岁能放羊，九岁烧得一手好菜，到了十一岁，她已经可以白日上学，晚上照料姑姑家的两个弟弟吃饭、入睡了。佩秋懂事，到了姑姑家后，总会在姑姑一家起床前便把早饭做好，将屋子打扫干净，伺候完弟弟们穿衣洗脸后，才独自背着书包去学校念书。姑父与姑姑待佩秋都好，可寄人篱下，又逢少女多愁，许多个夜晚，佩秋总要趴在窗户上遥望星空，星星一闪一闪的，直把她的眼睛闪迷糊了，她才能悄悄入睡。她梦里想着，这样的星星和儿时躺在爸爸妈妈怀里看到的，并没有什么不同。

佩秋来胶东后第三年，她的父亲却因一场恶疾突然离世，车站一别，竟成了父女二人在人间的最后一面。

佩秋念书好，但她读完高中，就放弃了考大学的念头。她没有了父亲，老实巴交的母亲一个人在山里守着几块农地，日子过得很辛苦。姑姑虽有心，却还有两个弟弟要供。佩秋没等姑姑张口，自己便报名参加了市里新成立的塑料厂的招工考试。一九八八年，十八岁的佩秋顺利地成了塑料厂的一名女工。佩秋没有什么怨言，她有着同龄人少见的独立与乐观，即使不读书，她也想闯出一番自己的造化来。那几年的塑料厂正如日中天，佩秋所在的车间就有两百多号人，不过三年，佩秋就在这个全是年轻人的工厂里当上了车间组长，她长得漂亮，待人又温和，极讨人喜欢。这个车间负责完成塑料编织袋成品的最后一道工序，由于主要依靠梭织机来工作，车间女工占了大多数，男工只有二三十人，苏兆和就是其中的一个。

塑料厂的职工都是三班倒，吃饭都在厂里的食堂，凭两毛钱一张的饭票舀一大碗菜，配一个大馒头，就是一顿饭。一日大雨，佩秋忘了带伞，又赶上她来了那事，女伴们来唤她结伴去吃饭时，她摆摆手推托，说今儿个不饿，不吃了。坐在她旁边的苏兆和却听见她肚子"咕噜噜"地直叫，佩秋尴尬地转头冲苏兆和笑了笑。没几分钟，苏兆和便端着自己的饭盒，送到佩秋的桌面上，丢下一句"你吃"，转头便蹿进了哗啦啦的大雨中，一个人奔食堂去了。苏兆和从不去食堂吃饭，他总是自己带饭，他不是舍不得那两毛钱，他是喜欢自己做饭——给母亲做饭，也给自己做饭。自己做的饭，吃起来有家的味道。

事情就这样起了头，苏兆和第二天带了两份饭。佩秋也不说什么，自然而然地吃起了他带来的饭。苏兆和心照不宣地给佩秋送了三个月又七天的饭，日日暮鼓声响，风雨不曾断。"我喜欢你"这句话他在家对着镜子默默练习了三个月又七天，但始终还是紧张得未能张开口。

那天傍晚，落日抱着荒山沉落，大佛寺前火烧云翻涌滚动，红缎织锦、金丝游线，苏兆和望着天空痴痴地想，何时才能娶佩秋做他的新娘，这漫天的云朵也是她的千里裙摆、万里红装。这真是晓看天色暮看云，行也思君，坐也思君。这日见了佩秋，苏兆和依然是满脸痴痴地望，憨笑得如同个傻子。他折了一枝桃花递给佩秋，糊里糊涂的，两个人的手就悄悄牵在了一起。路过的男人们口哨声震天响，女人们把红透了的云霞都抹到了脸上做晚妆。

3

安安颅内出血、脑积水、全身真菌感染、黄疸、肺炎、心肌损害并发。医生说："怕是活不了，你们得做好准备。"

苏兆和不肯相信，又托人去找大医院的医生。那位医生也说："别救了，就这样让他离开吧。"

这样的话他们说了不下七八次，每一家医院都是这样说。不是医生无情，恰恰相反，佩秋遇到了一位好医生，他尽心尽力、事无巨细，但这样的情况他实在是见了太多。他劝佩秋和苏兆和放弃："大家都很痛苦，你们也不要太内疚，很多家长都选择了放弃，这也是没有办法的事情。孩子救不回来，活着也是遭罪，没有希望，就是深渊。"

"救不救？"苏兆和的母亲呆坐在医院走廊的长椅上，好似自言自语，又像是在问儿子与佩秋。

佩秋和苏兆和抱在一起痛哭。"怎么能放弃呢？那是我们的儿子，是一条命呀！"他们谁都不同意放弃。苏兆和不会放弃，他心里想，如果父亲活着，也不会放弃。医院让苏兆和和佩秋要二十四小时随时准备接电话，佩秋心里明白"随时准备接电话"这几个字的含意，她心里想：安安，如果你死在了抢救的过程中，妈妈也是尽力了啊！

煎熬日复一日。

安安从一家医院转到另一家医院，一次手术接着下一次手术。

一家医院被这对夫妻对小生命的尊重所打动，自发成立了专家组。第十二次手术后，医生兴奋地说："安安顽强得很，他就是一个小石头，想来这个世界走一遭。"

佩秋已经记不清楚走过多少趟那条通往医院的路。起初她不敢一个人坐医院的手扶电梯，她不能下脚，好像只要她踩上那么一脚，就会踏空掉入十八层地狱，恐惧无法形容。只是今日去，明日去，天天去，佩秋竟也渐渐变得习惯了。时间最是无情，它让痛苦的人生出麻木；时间却也有情，它陪脆弱的心长出勇敢。

直到医院宣告安安被救活，佩秋的天空才重新有了气息，往日的灰尘在阳光普照下开始歌颂希望，升腾的经幡摆渡苦难的悲悯。佩秋慢慢睁开眼睛，她看见医院附近，每天都有十几个乞丐在沿街乞讨，有瞎了眼的婆婆、断了手脚的男孩、抱着女婴的母亲……他们每天都在，佩秋却是第一次如此庄重地看着他们。"他们比我可怜"，佩秋不敢往前看，她不再看那些过得比她好的人，她只往后看，看那些人生更凄惨的人。她生出一种信念："他们都能活着，我也能。"

佩秋在医院里，碰见过另一个女人。她穿着一身藏青色的褂子和长裤，衣服又宽又大，瘦小的骨架被衣服包裹着，走起路来空空荡荡。她抱着一个孩子摇摇晃晃地往前走，走过挂号室，走过问诊台，走过医院弥漫着酸腐味道的长廊。一群女人对着她指指点点，一群男人传来可怜的讥笑，她都视若无睹，好似这医院里只有她一个人，只有往前走这一个方向。

佩秋追上前去，她明明心里很疼，话到嘴边却有些刺耳，甚至像是质问："你为什么不给孩子戴个帽子呢？为什么要让她受到这样的屈辱和嘲笑呢？"女人抬头看了佩秋一眼，呆滞的瞳孔慢慢散出了些疑惑的光，她又低头看了看自己的女儿。女孩咬着手指，没有恐惧，没有哭闹，只是乖乖地在母亲怀里看着眼前的一切。女孩五官漂亮极了，除了头大一些。但如果看得仔细，就能看到她的后脑勺儿长了三个硕大的肿瘤。

佩秋意识到自己的失态，擦去眼泪对她说："对不起，我不是来笑话你们的，我的儿子也是脑瘫。"那女人这才低下头，眼泪缓慢地、缓慢地落下来，落到那旧得发硬的衣服上："我没有钱了，孩子他爸赌博欠债被人把腿打断了，我不知道该怎么买你说的那种帽子。"交谈后才知道，这个女人怀孕时常遭老公殴打，女儿才生成了这个模样。她是文盲，没有工作，没有收入，即使知道老公和别的女人在外面乱搞，也不敢离婚。这个可怜的年轻妈妈，不过才二十五岁。

佩秋听得心里生疼，她望着眼前这个比自己还可怜的女人，她可怜她，就像可怜自己。她情难自抑地想要帮助她，她拿出了钱包，数了数，一共还有一千二百块钱，她犹豫了片刻，从中取出了五百块，又停顿了几秒，再抽出了一百块。她心里有两个小人在打架，胜利的那个问自己："这些钱还有什么用途能比给这对母女更有价值？"

她一股脑儿把六百块钱全都塞进了那个女人的口袋里："我也没有什么钱，咱们一人一半。"女人听了，慌张地推辞，怎么都不肯要。佩秋把手挡在她破旧的衣兜上："拿着，不是为了你，是为了孩子。"那女人抱着孩子"咣当"一声跪在地上，给佩秋连着磕了三个响头。佩秋心里想，这医院磕头的声响，怎么就比坟墓还要多。

看着她，再想想自己，想想苏兆和，佩秋决意一定要做个好母亲，护着安安好好活下去。

让儿子活下去，是母亲的本能，可恐惧、自私与懦弱，这些人性的真面相，也并未饶恕过她。

起初的几个月，佩秋没有奶水，她已经记不清有多久没有睡过一个好觉了，她一晚一晚地不睡，一直孱弱地哭。她似乎没有什么神经了，有时像疯了一样，明明眼前没有人，却嚷嚷着眼前站着人，有时是一个人，有时很多，有时那些人沉默不语，有时又吵得很热闹。苏兆和吓坏了，他带她去看精神科的医生，医生告诉佩秋，那些都是幻觉，她抑郁了。

精神科在十二楼，佩秋看到十二楼有个小小的窗户，她就想能不能从那里跳下去，那样死得会不会很难堪。死了会不会上当地的新闻，上了新闻苏兆和看见了会怎样。他们回家的路上会经过一条河，一条清清的深深的河，佩秋就想带着儿子一起跳进去，但一想到儿子死时的那种惨状，她的心就凉了半截。她时常像个疯婆娘一样远远地、奇怪地看着安安，那种状态下的她已经没有什么母爱了。她病了。她恨安安吗？她怕他。她这些时候便想，是不是可以把儿子偷偷藏起来，慢慢地大家都找不到他了，他就静悄悄地饿死了。有一次佩秋把绳子都准备好了，她把脖子套在绳套里，闭上眼睛，准备踢掉椅子，苏兆和的脸就浮现在了她的眼前。她一想到自己死了，苏兆和该怎么办呢？妈妈会伤心吗？安安就没有妈妈了。她恍惚着，犹豫着，就被苏兆和抱了下来。

苏兆和哭着对佩秋说："老婆，你要振作起来啊，你这样下去我和儿子该怎么办啊？"苏兆和天天安慰她，鼓励她。佩秋望着眼前这个可怜的男人，这个八岁就失去了父亲的男人："人家都是有一个健康儿子的爸爸，我却给你生了一个怪物。"

苏兆和抹去她的眼泪："儿子永远是我们的天使，他不是怪物。"

安安不是一般的残疾，他不会说话，不能走路，饭要一口一口地喂，水要一点儿一点儿地喝，智商永远停滞在几个月大的婴儿状态。小家伙脾气火暴，稍有不留意，就会咬自己的手，用力拍打自己的脑袋。尤其到了晚上，他夜哭得厉害，一整晚只会睡上两三个小时，佩秋和苏兆和只能日日夜夜轮流抱着安安。苏兆和连着几天抱着儿子睡觉，需要低着头，颈椎受不了了，去医院打了石膏；佩秋每天抱着儿子走来走去，膝盖生了病，要每天抹艾草。苏兆和跟佩秋开玩笑："你瞧咱们两个笨蛋，儿子没照顾得多好，咱俩先都成了病号儿。"

可与安安带来的幸福和快乐相比，这些辛苦都是微不足道的。

医生和佩秋说："万一你小孩有一点点小脑没有受损，也许将来长大了，到了八岁左右，就能有一两岁孩子的智力。"佩秋听了高兴坏了，安安才五岁多，已经如两岁孩子般聪慧了，她心满意足。不管安安听不听得懂，佩秋每天都会和他讲很多很多故事，说很多很多话。

每天下班回家，佩秋走到院子前，远远地就能听见安安"啊啊啊"在呼喊，那声音尖锐刺耳，只有佩秋能听出来，那是安安快乐的表达。

苏兆和也爱安安，他是一位好父亲。他日日给安安洗澡、喂奶、换尿布，街坊邻居们见了佩秋，都感叹她是不幸里的万幸，真真嫁对了人。

苏兆和的姐姐苏云霞和他们同在塑料厂上班，她常与佩秋结伴聊天。一日下班路上，苏云霞与佩秋讲："有时候真是羡慕你。"佩秋听过那么多虚无的安慰，还是头一次听到有人在这种境遇下羡慕她。她苦笑着问苏云霞："你羡慕我什么？"

"你不知道吗？你生产那天，兆和从产房里出来，就一直用手狠劲儿地砸医院楼道的墙，血都溅了满墙。他根本没有在意小孩的残疾，嘴里一直念叨着说：'佩秋太可怜了，我的佩秋太可怜了。'亲戚们都在默默抹泪，好一会儿舅舅们才去阻止他。"

苏云霞第一胎生了个女儿，被老公和婆婆嫌弃了一年又两个月，直到儿子出生。

佩秋还是第一次听说当时苏兆和的反应，这么多年，她心里一直觉得愧对兆和，愧对苏家，他是那么想有一个完整的家，一个健康快乐的儿子，这样简单的愿望，却被她给毁掉了。

佩秋又想起自己的婆婆。这个五十多岁的女人，自公公走后，终身未嫁，日子贫困，她一个单亲妈妈，只能带着一双儿女重新住回娘家，一个人含辛茹苦默默把女儿、儿子拉扯大。苏兆和结婚那日，五十一岁的她从娘家再一次搬了出来，她听着十里爆竹声响，看着两路高头大马，漫天烟火红花，她对着卧室里亡夫的牌位洒了一盅酒，嘴里念了句："我总算对得住你当年舍命护下儿子的情分啦。"

佩秋跟婆婆说："安安生成这个样子，我对不起你们苏家。"

"傻丫头，你不要总是看到安安的残疾，"婆婆摸着她的头发，

"每个小孩都是带着自己的命运来到这个世界上的，母亲的肚子只是生命轮回的壳。"

4

一九九九年，谢佩秋与苏兆和迎来了另一件人生大事：他们双双下岗了。

这一年春晚，有一个小品节目叫《打气儿》，一位男演员穿着一身灰色工装，戴着一顶粗布蓝帽子，在台上扯着嗓子喊出一句台词"我不下岗谁下岗"，一语既落，台下掌声雷鸣。苏兆和正在炕上吃饺子，他听了这句话，没有再看下去，闷着头从炕上起身下了地，一声不响地走到院子里，挽起袖子，哗啦啦地清扫着一地的烟火余灰。

佩秋明白苏兆和在担心什么。这两年，曾如日中天的胶东塑料厂生意一年不如一年，越发不景气。去年春天，厂子里突然约了一批工友谈话，说是谈话，其实就是下通知：你们下岗了。领导们说，这也不光是塑料厂一家的政策，全国各地都要进行国企改革，咱们工人要为国分忧，积极响应号召。

城里已陆陆续续传出来皮革厂、橡胶厂等老牌厂子职工下岗的消息，可这样的事轮到自己头上，人们一时还是难以接受。众人的眼神里全是惊恐、迷惑与质疑：端着铁饭碗的时代，真的要一去不复返了吗？

被谈话的人们奔走疾呼，相互商量着，到底是该停薪留职还是彻底买断工龄？还没被谈话的，也个个心中难安，生怕下一批名额砸着自己。可时代的浪来了，谁也不能幸免。次年春，苏兆和与谢佩秋先后接到通知：二人被迫下岗。

几个平日里胆子大的工友愤愤不平，对厂子开出的补偿条件也很不满意，他们私下相互串联，说是要去政府门口上访维权，有人来拉苏兆和一起："你儿子这个情况，不去讨一个道理，将来你们家怎么生活？"苏兆和却总是闷着头，抽着烟，直到对面急了，他才闷闷地说一句："国家也有难处。厂子真没钱，你们闹腾又有啥用？"气得那人啐一口唾沫在地上，急赤白脸地就往外走。

苏兆和也听人说过，一些城市相继出现了工人请愿、罢工的情况，甚至闹出了持刀伤人、自杀的新闻，可像大多数中国人一样，他骨子里从来就不是一个愿意跟命运折腾的人。领了单位发的最后一笔钱，苏兆和满脑子都在谋划着，下一步该干些什么才好。佩秋的头脑向来比他灵活，佩秋说："俺看报纸，专家们说，国企就好比一艘大船，职工们在船上劳作生活，人人都是船的主人。可现在船上的人太多了，开得太慢，也不安全。国企改革就是把这些人都疏散到成千上万的小船上去，以前那张终身船票被废弃了，大家伙儿得靠自己的本事做生活的主人。"

苏兆和苦笑着问："那报纸上写没写，那些没本事的乒乒乓乓掉进水里淹死了，该咋办？"

佩秋走过来朝苏兆和脑袋上弹了一个脑瓜嘣儿："咋就淹死了？你的书读到驴肚子里啦？时代总得往前走。"

佩秋说得对，时代并不以任何个人的意志为转移。下岗潮第三年，胶东塑料厂就被几个外地商人以私人名义收购了。又过了两年，厂子效益每况愈下，这个曾风光一时，拥有数千名职工的大厂，竟悄无声息地倒闭了。

为了打拼生活，佩秋将母亲也从老家接来了胶东，与婆婆共同照料七岁的安安。佩秋和苏云霞等几个姐妹骑着自行车走街串巷地卖起了卫生纸，虽说比以前辛苦，可佩秋却很是珍惜，干得格外起劲儿。这活儿全靠体力和眼力见儿，但时间相对自由，佩秋可以常回家照看下安安，她也知足。苏兆和经人介绍，去了黑豹汽车厂送车队工作，到山西、陕西、东北等地去送小货车。根据对方所需的车子数量，他们两个人到十几人不等分成一组，各自开一辆车送到客户手里，再一起坐火车回来，常常一去就是十几天。

苏兆和起先很不适应这份工作，头一回送车，他跟着一位老师傅往陕西去，走到一条七拐八拐的山路前，老师傅叮嘱他，只盯着前面的车子走，切莫往两边看。苏兆和心里默念着："往前走，往前走。"可还是忍不住地朝一旁瞥了一眼，这一瞥吓得他差点儿尿了出来，沙石遍地的扭曲小路边，全是嶙峋的悬崖峭壁，深不见底。他握紧了方向盘，汗渍渍的双手一动也不敢动，他心下想，这哪里是去送车，这是去送命。

第二趟送车，他们八个司机一起，把八辆小货车顺顺利利地送到了客户手中。正值深冬，几个年轻的小伙子一人裹着一件厚实的军大衣，步履匆匆地往火车站里走。东北的冬天实在太冷了，车站里多少能暖和些。火车站门口全是一排排做小买卖的，其中一个戴着毡帽、脸上结了一道痂的苹果贩子看着这几个年轻人走过，忽地没头没尾地喊了一句："妈了个腿的，苹果不好吃吗？光走不买！"他们中一个才十九岁的小个子司机停下了脚步，瞅了瞅这小贩，没好气地问："大哥，你骂谁呢？"那男人"噌"地站起身："狗日的，我骂你呢！咋的？"几个人面面相觑，正要和他理论，却看见对面三四十个商贩忽地一拥而起，全围了上来。两个有些经验的司机知道这是着了道儿了，他们一头一尾地把其他六个人护在中间，和对面的人小心翼翼地赔着不是："娃子不懂事，别跟他一般见识。"正说着，对面不知是谁抢着一根木头就直敲了过来，电光石火一刹那，两伙人瞬即厮打成一团。

苏兆和从小书念得好，可却从没打过架，没几下，他的脑袋就被人砸出了血。一些路过的本地人也看不下去了，进来拉扯劝架，一位四十多岁的东北大姐，不知从哪儿抢出来一把菜刀，直指着那带头的苹果贩子："你真他妈给我们丢脸，整天净会欺负外地人，你信不信老娘一刀再给你劈个大花脸儿！"也不知道二人是啥关系，那男人嘴上骂骂咧咧，却带着人全撤走了。

苏兆和回了家，佩秋心疼得直掉眼泪，说什么也不肯再让他到那么远的地方送车了。苏兆和摸着自己的脑瓜子，淡淡地说："我就是头驮货的驴，是你想上哪儿就去哪儿吗？"他的声音极小，佩秋都搞不清他是冲她讲的，还是在自言自语。

就这样，苏兆和在送车队里当了五年司机。第六年，厂里通知说，时代进步了，以后都要采用机械化操作，统一由大货车来送车。一辆货车能装下十四辆小车，人工送车队的生意渐渐也便无人问津，直至彻底消失在历史的迷烟中。

苏兆和又一次下岗了。

佩秋的生意倒是越做越好，她脑子活络，善于交际，不几年，她就用卖卫生纸攒下的钱在当地新兴起的商贸市场——"小猪圈"里包下了一个摊位，卖日化用品和女性内衣。女人们一开始都遮遮掩掩的，谁好意思光天化日之下来买这么浪荡的玩意儿。可人性对美的追求是阻挡不住的，凭着敏锐的判断和大胆的选择，佩秋的女性内衣店在"小猪圈"一炮而红。第三年，佩秋便撤了摊位，在城里最繁华的步行街开了一家单独的门面，取名"风尚内衣"。

苏兆和在家赋闲了大半年，他变得更为沉默寡言，时常一个人站在院子里，或是坐在炕边上，远远地望着安安发呆。安安已经十几岁了，可言行却仍是个两三岁的稚子，他雪白浑圆的臂膀、大腿，撑着一大坨雪白堆积的肉，顶着一颗雪白硕大的脑袋。苏兆和看着，真觉得他是个怪物。他心里推算着，再过多少年，安安的姥姥和奶奶就会死掉，又过多少年，他和谢佩秋也会死掉，那时的安安就成了一个五六十岁的孤零零的傻子，这样活着，还不如让他早点儿死了算了，一了百了。但他又想起，自己曾经害死过父亲，他一辈子铆足了力气，也不过是想当个好爸爸，这么卑微的渴望，如今却混成了这番无能的模样。他这样想着，没日没夜地想，就好似被人用糨糊堵住了嘴角，越想挣扎，越是沉沦。

这年底，风尚内衣迎来了第一笔投资，投资人是他们以前塑料厂的一位工友，叫赵之兴。赵之兴下岗后，做起了服装买卖，他相貌堂堂，意识超前，思维谨慎，是把经商的好手，他一眼瞅准了谢佩秋的女性内衣市场，二人一拍即合，决定要把风尚内衣做成连锁品牌。同年底，苏兆和与谢佩秋商议，要与以前一起开车的两个司机兄弟合伙贩卖海鲜。佩秋拿出积蓄，替他买了一辆运货的大货车，可苏兆和性子耿直，也缺乏做生意的头脑，又没有经验，根本挤不进旧有市场。他每天半夜两点就要到海边去向渔船拿货，要少了人家不给，要多了卖不出去就得烂掉，这样算下来，他每日的利润还不够一天靠百块钱的油钱。这样坚持了近一年，苏兆和到底是没能做下去，他最后一日去港口，看着新买的货车被人折旧处理掉，轰隆隆的船舶鸣笛绕着海港高歌。他站在汹涌的人潮里，再也看不清来日的时光。

一日晚饭后，佩秋在卧室内挑选她与赵之兴一同从浙江新进回来的内衣样款。她拿着一件桃红色的文胸在胸前比画，苏兆和却不知何时一声不响地站到了卧室门口，他紧蹙着眉细细打量着她，干薄的嘴唇翻滚着，轻轻吐出了两个字："骚货。"佩秋听傻了，她愣愣地待在原地，还未等她反应过来，苏兆和已重重地把门一甩，不知所终。

5

苏兆和竟然没有再回来。

他在远郊找了个给工厂看门的工作，一个人住在厂子安排的宿舍里。谢佩秋想不明白到底发生了什么，她次次去找他，他次次躲着不见面。她带着苏母一起去见他，苏母抹着眼泪问他："我的儿呀，你这到底是咋啦？"苏兆和就从头到尾沉默着，愣是不说话。

谢佩秋四处打听，直到她找到曾与苏兆和一起贩卖海鲜的兄弟，那人才若有所思地说："你们是不是该带他去看看精神科的医生？有两次我们喝多了酒，兆和总是自言自语，说自己得了什么怪病。"佩秋恍然一惊，既而满是自责，如果真是如此，这么多年，自己也真的太疏忽他了。

她急匆匆地去找他，到了工厂，他们却告知她，苏兆和已经辞职了。她想起生完安安时曾试图自杀的自己，一下子慌了心神，哭着给苏母打电话，全家族的人都疯了一样外出寻找。几个小时后，佩秋却接到了姐姐苏云霞的电话，电话里，云霞说，苏兆和给她寄了一笔钱和一封信，信里写，求她替他多照顾老母亲和安安。

苏兆和去了另一座城市。他偶尔与苏母和安安通个电话聊上几句，却从不接佩秋的电话。苏母劝慰她："闺女啊，医生说兆和得的是抑郁症，这么多年，咱们全家人的心思都在安安身上，没有人关心他。谁也不知道他心里到底受了什么苦，你不要和他计较，不要埋怨他。"

佩秋听得恍惚，抑郁症这个泥潭，她也曾深陷过，那时她的世界一片灰暗，是苏兆和拯救了她。可他又是怎么了？她生下安安心中有愧，可苏兆和明明说过不怪她。他是怪她与赵之兴走得太近了？可他们一身清白，他怎么能这么误解她？安安已经十六岁了，十六年弹指一挥间，往事幕幕浮现在她眼前，十六年，她没能关怀好苏兆和，可她又何尝关心过自己呢？

苏兆和与苏母说，他在另一个城市过得很好，让她们不要来找他。谢佩秋也真的没有再去找过苏兆和。生活把她捆成了一团乱麻，她每日睁开眼就是衰老的母亲、智障的儿子、苦苦经营的家。她不知道该怎样面对他，她猜想他也不知该如何面对她。

第二年夏，谢佩秋的母亲病逝，葬礼时，苏兆和依旧没有归来。谢佩秋的心被冰棍子凿了个口子，寒了半截，她终于忍不住委屈与愤怒，一个人开着车跑去质问他。

在一家餐厅的门口，时间尚早，没有一个客人。苏兆和手里拿着一块抹布，正弓着腰擦洗桌面。一个瘦弱的女人端出来一盆水，她抬起胳膊，用袖子替他轻轻拭去了溅在额头上的水花。

谢佩秋恍惚着瘫坐在车里，大脑停止了运转。她想象过几十种两人相见的场面，却独独没有料想过会有另一个女人。她盯着那个女人，整齐却干燥的头发、清秀而衰老的容颜，举止间尽是慈母般的平静。太阳明晃晃地刺向她的眼，她心生一种虚幻。她使劲儿掐了掐自己胳膊上的肉——生疼。

女人的直觉告诉她，这一刻，她的世界彻底地坍塌了。

她这一生，有过很多痛苦。苦难这条永无止息的河，起初，她的父母、亲友、爱人，许多人支撑着她踉过去。可悄无声息地走着走着，这些人就渐渐消失了。有人走散了，有人背叛了，走到最后，茫茫天地间，只剩下孤零零的自己。

她没有哭闹。她逼迫自己冷静。她知道自己不能倒下去。她告诫自己，人就是如此，终归要靠一个人走到最后。

她没有走进那家餐厅，她一个人无声无息地默默驱车回家。苏母正在厨房给安安洗葡萄，她看见佩秋晃荡着无骨的身子走了进来，满脸苍白，她吓了一大跳。

"闺女，你这是怎么了？"苏母走上前，扶住她。

佩秋只是愣愣地望着眼前这个待她如亲生女儿般的女人，她扑闪着那曾经满是秋露、而今却早已干涸的青黄的双眼，几粒滚烫的豆子在里面转了几个圈才"吧嗒"落下来："娘，兆和在外面有人了。"

苏兆和每个月都往家里汇钱，人却很少回来；谢佩秋每日早出早归，也没人看得懂她在想什么。二人甚少联系，也都只字不提离婚的事，只有在安安每年定期到医院复检时，彼此才说上一两句话。

安安快三十岁了，生活依旧不能自理，常常尿在裤子里。旁人见了，皆是摇头。

时代又进步了，互联网遍布在这座小城的每一个角落。商业街早就没落了，年轻的女孩子们都热衷于网购。谢佩秋始终没有被时代淘汰掉，她的风尚内衣店，又开到了互联网上。

苏母倒是老了，一辈子要强的她，这几年也常常发出些哀叹，动不动就掉出眼泪来。她苍老的手总喜欢抚摸着安安白净柔嫩的脸，嗟叹道："奶奶要去了，你可咋办呀？"

佩秋听着她这样说，就在一旁浅浅地笑："娘，还有我哩！"

苏母摇摇头："可苦了你一个人！"

佩秋笑着说："俺不苦——安安就是我活着的信念。"

苏母又说："可总有一天你也会先走啊！"

"不会的，俺会死在他后头。"谢佩秋回头望了一眼正玩纸牌的安安，"医生说，他这样的病，大多也就只能活到五六十岁。我自己不能生病，坚强些，至少能活到八十岁。我能照顾他一辈子，他就能快乐一辈子。"

苏母的嘴唇嗫动着，她还想再说些什么，佩秋却扶着自己的腰起身拐进卧室了。她已经不想再听苏母那些絮絮叨叨、垂垂老矣的狐疑与哀叹。如今，她已靠不了任何人，她只想听她想听的、见她想见的、相信她所相信的。

她意识到，这就是命运——命运给你一条路走，你想拐弯也不行。

As If
We Just
Met

好似初相识

———

此情可待
成追忆

只是当时
已惘然

《锦瑟》
李商隐

她将成为他生命的全部，成为他生命里所有的女人。

捌 好似初相识

|

晚香玉一亮相，便赚了个满堂彩。

她那两只美人肩，形似春柳、细若脂玉，细长消瘦、绵弱孱薄，两片凤舞牡丹的大红织锦云肩伏在其上，通身铺满了一团团锦绣的祥云。湖蓝水绿的大褶衬裙时隐时现，黄金线镶边的飘带摇摇欲坠，腰箍将她的腰身束成了雍正青花桃蝠纹橄榄瓶的脖颈一般细长，随着她的顾盼流离，真真是一步一生姿。

"多少年了，没见着这样一个俊俏的小姐。"敲响儿的福伦皴黑的脸笑得砢碜，但他的这句话却很得人心。福伦歪过头，瞥了眼拉坠琴的柳爷，柳爷眯着眼，笑吟吟的，也不说话，福伦心下知道，这事成了。

戏班子最红火的时候，有青衣、花旦、彩旦、老旦、小生、老生、武生、娃娃生，生、旦、净、丑四大行，行行有人才；坠琴、二胡、扬琴、三弦四大件，件件有高手。三四十个人浩浩荡荡地在各个村子轮转着表演，最远蓬莱、寿光都去过，谁听了不叫一声好？一场演出下来，多少都能赚上个三四百块钱，可再穷的人也不是奔着钱来的，大家平日里你争我嚷，斤斤计较起来，哪一个没耳红脖子粗过，倒也从不为别的，只为着一件事——戏比天大。

可如今呢？老的老、残的残，稀稀拉拉的，送死人的丧队里扎的纸人儿都比他们热闹。拉二胡的老刘头患了癌症，走了十几年了，拉扬琴的吕大脸，弹三弦、奏琵琶的周守周景兄弟，不过六十出头，也已相继去了。原先那几个年轻些的，跟着打铜钹、敲板鼓的，倒是都还在，只是也花了青丝，空剩了残年。再年轻的一拨儿，就没人肯花功夫练功了，能有个身段儿模样肯上台的，就已经了不得了。好在柳爷余威犹存，九十几岁的人了，脸却愈发红润，发丝儿透心通白，日头底下泛着满头的银光，像是太白金星附了身。活到这个份上，没人不尊敬他。

原先一边打锣鼓经一边念唱白的福伦，前些年出了场车祸，一条腿跛了，但这丝毫不影响他躁动的热情，他手痒痒了多少年，夜夜上蹿下跳，怂恿着当年的一群敲锣打响儿的，总想重拾起戏班子。他嘴里老是念叨着："现今日子是好了，可咱们活得更孤独了，你们说说这片地儿，还剩几个能活蹦乱跳的？年轻人都去了县里，去了城里，越有能耐的走得就越远，留下这么一帮子老头儿老婆儿，戏再不唱起来，整个村子就活活给憋死了。"

可敲敲打打的伙夫勉强能东拉西凑，唱戏的角儿却丝毫糊弄不得，那一段一句、抑扬顿挫的，哪个腔调怠慢了，听戏的耳朵可都尖得要紧——戏比天大。

这年冬，在南方打工的宋家昌却回来了。他年轻时，生得剑眉星目、气宇轩昂，性子又沉静安稳，柳爷找到他，他年岁轻轻的，扮演起武生来，体态风流，真是惟妙惟肖。后来戏班子解散了，他做的鱼虾生意也赔了钱、欠了债，无奈只能带着老婆和女儿到南方打工去了。那时他的女儿小香玉不过三四岁大的丫头，如今也已是要做新嫁娘的人了。

宋家昌戏不唱了，听戏的瘾却一点儿也不肯放松，不管走哪儿都要拿着一架收音机，《姊妹易嫁》《小姑贤》《借年》《逼婚记》……哪一出他都能倒背如流。耳濡目染着，小香玉自然而然地也能跟着随口哼上几句。这小香玉把爹妈的好处全都揽在了身上，淌着水的一对眸子，灵闪闪的，杏子脸、樱桃唇，装扮起来，正经是一个古典的美人坯子。宋家昌回村不久，福伦就去撺掇他一起重整戏班子，他前脚踏进门，刚要热情地扯着喉咙喊一声"大兄弟"，"大"字还没冒出个囫囵音节，就见小香玉端着一盆淘米的水出了院门，泼在门前一株大芍药花根上。福伦的眼就直了！当下，他愣是一拖一拽地，强拉着家昌父女去了柳爷家，让柳爷仔细瞧一眼，是不是正经的小姐有了，戏班子就可以重新热闹起来了。

柳爷家大院里，有两株修剪得滚圆的栀子树，树龄也有十几年了。正是栀子花怒放的时候，小香玉在柳爷面前"咿咿呀呀"地瞎摆了几个动作，花香沾染在小香玉的白纱裙摆上，她一旋转起来，一树的香就都围着她转似的，风把甜腻的香气吹散了，吹到了每个人的心坎儿上。月色又把这浓香调得均匀，软乎乎里沁着一丝冰凉。柳爷不动声色地细笑着，略一颔首，说："是块好材料，戏名就叫晚香玉吧。"

柳爷十二岁那年就拜了大师傅拉坠琴、唱小生，唱了整整八十一年，一辈子都在戏里。新中国成立后，市里成立了专业的吕剧院，柳爷成了方圆十里靠唱戏吃上公家饭的第一人。当初就是柳爷一眼瞧上了宋家昌，点拨他入了戏，宋家昌自认枯草一样的命里，多少有了些闪亮的时光。既然柳爷发了话，定了性质，宋家昌便激动得一整个晚上合不拢眼。他躺在院子里的竹席子上，呆望着夜空里的长长银河，回味着些许模糊的往事。不久，他实在倦乏了，依稀地进入一个梦里，一个二十岁不到的小伙子，脸臊得通红，低着头只敢看自己那光溜溜的、还沾着泥团的脚丫子，可偏偏一上了台，他腰身一挺，脚步微抬，星星都住在他眼睛里。他一边跑着圆场，一边唱着快板，声调铿锵、情绪激昂、节奏迅疾、字眼清晰，要嗓子有嗓子，要跌扑肯跌扑，唱、念、做、打，无一不能，放眼日月星辰，到哪儿去找这样的武生！

如今他的梦碎了，女儿又续了上来，这样一想，命运总算还是眷顾着他。

头一次彩排，演的是《姊妹易嫁》，晚香玉一出戏下来，已是香汗淋漓。到底是没有功夫的底子，唱了一会儿，她的气息便飘了起来。老戏班子的人不是听不出来，但众人都沉浸在她俏丽的形表里，尚在为剧团能重新开张而兴奋不已。这时，坐在第一排右角的赵长正却开了口："这哪里还是吕剧呢？说京剧不像京剧，是吕剧又不类吕剧，梅派不似梅派，程派不是程派，这唱了些什么呢？"

一时间人们面面相觑。几个资历浅的瞪大着眼瞧向福伦，福伦又把眼瞪大了一圈瞥向柳爷，柳爷闭着眼安神养息。阔大的屋子里，谁也不作声。

晚香玉本就觉得身子又黏又沉，闷得慌，当下受了这样的打击，委屈地"哇"了一声，便身着一袭戏装，梨花带雨地夜奔去了。

几个唱老旦、老丑的妇人这才醒过神来，唱老旦的连珠婶子如今也真成了七十多岁的老妪了，她嗔怪着赵长正："哟，长正，你这是干什么咧？她一个小姑娘家，才学了几日，你便这么奚落人家？就是为着你家红英，也不至于呀？"

一旁有人迅猛地拍了她肩膀一巴掌，提醒她别哪壶不开提哪壶。

赵长正倒没反应过来似的，扭头望向跑出去的晚香玉，嘴里仍念叨着："委屈什么呢？唱吕剧的小姐，哪里是这么个唱法哪？"

人们便看不清赵长正的神色了。他的后脑勺儿，一根根发了灰的头发，像刺猬的针尖似的，直顶顶地刺向了天。

2

赵长正是个孤儿。

他生下来就没见过自己的爹娘，叔叔婶子把他养到四岁，又给了村里一户没有儿女的人家。

十三岁那年，他的养父母生了个自己的儿子。养母递给他两个包袱，一个包袱里有三件大褂，一个包袱里有六个窝头和六个饼子，养母跟他说："长正啊，你也大了，家里实在是揭不开锅了，你得靠自己谋条生路了。"

生路就是跟着村里的乡亲出来做活儿。赵长正先是给人擦鞋子，擦到十五岁，有了力气，他就去澡堂子给人搓澡，一搓搓了七年多。

赵长正个儿不高，模样倒俊俏，一身子腱子肉，澡堂子里的女客见着他，总爱惹几句俗男女的玩笑话，这时杨小樱就噘着嘴，不高兴全写在脸上。赵长正急赤白脸地一顿解释，他哪里是个能说会道的主儿，越说越心急，越急越说不清，直到杨小樱赤红的小嘴一笑，赵长正就看迷了眼，话也不说了，只顾捧着杨小樱的嘴巴一顿亲。

杨小樱是澡堂子里的女搓澡工。她也是个苦命的女子，娘死得早，爹出海，常常一去就是两三年，小樱既当娘又当爹，一把屎一把尿地拉扯着两个弟弟长大。长正听了只觉得心脏被刀刮了一样地疼，他心想这世上怎么还有和他一样可怜的人。不！他自己都没意识到自己有多可怜，他那泛滥的怜惜和柔软，一股脑儿全泄在了杨小樱身上。

县城地下，处处都是温泉眼。赵长正和杨小樱当搓澡工的这家澡堂子，是城里历史最古老的一家。搓澡工们累了一天，客人们都走了，他们就脱得精光，一个个圆冬瓜似的"扑通"一声跳到滚烫的水里，泡上那么一宿，浑身的乏都没了。男女浴池间隔着一条短小的走廊，搓澡的汉子们，大多不知臊，有时大半夜里听着女浴室里有动静，知道有女工也在泡澡，就刻意光着屁股在走廊里走动，娘儿们看见了，有性子泼辣的，直拿着澡巾追着打，一手薅住男人下面那玩意儿，叫得他贼拉拉地喊疼。

年纪轻的，只有赵长正和杨小樱，他们常常被这些红尘男女的荤腥玩闹臊得面红耳赤。一晚，两个不知羞的正打闹，那汉子不小心扯下了女人的奶罩，露出了一只肥大白嫩的奶，赵长正在远处看见了，只觉得下身像要喷火的火山，怎么止也止不住。他悄摸儿地去找杨小樱，死活要拉她到户外的一处泉水边。

那几处室外的池子，多半是有钱的客人才会来享受。老板心善，允许员工们在屋内的大澡堂子里胡闹，户外这几个池子幽静，却严禁他们沾染。赵长正却顾不得了，他火急火燎地拉着杨小樱来到了人烟最远处，这个泉眼叫情人眼，地热水汩汩地往外冒，琥珀蓝的石头落在水底，衬得像美人一直在流眼泪似的。杨小樱知道赵长正打的什么鬼主意，只是没料到平日里老实敦厚的人，不正经起来竟也有这么多调调。她小脸一阵红一阵白，经不住他的软磨硬泡，到底是跟着他下了水。

正是初冬，夜色里飘零着细细的雪。那雪起先只是如风花一般，卷着凉意弥散，落到肉体上，就瞬间消失于无形。雪越下越大，像千万只纸鹤在空中齐舞，深沉的夜被它们洁白的灵魂抹上了一层通明。赵长正看到一只又一只银鹤落在了杨小樱的发梢上、颈窝里，落在了她同样纯洁的乳房上，他情不自禁地吻了上去，既而变成了吸吮、吞噬、撕咬。他癫狂地索要着她的一切，她吃痛地发出了一声声"生"的呐喊。鹅绒般的雪漫天漫地，包裹着烟气霭霭的汤池，极冷极热间，一具光滑白腻的身子缠绕在另一具古铜色的躯干上，两具年轻的肉体赤裸着，在这通天的大雪里炽烈地交合。滚烫的泉水在他们身底肆虐汹涌，喷涌着生命最原始的呼唤。

这是赵长正一生里最幸福的一刻。正是在这一刻，他意识到，他漂泊的灵魂有了皈依，被弃逐的命运寻到了彼岸。那一刻他暗自发誓，杨小樱就是他要守护一生的女人，为了她，舍了命也值得。

这也是杨小樱一生里最自由的一刻，她从来没有独自撑起晦暗人生的勇气，一个女人扛下生活所有的苦，这样的日子，她早就受够了。她不指望凤栖梧桐，只要有棵给她落脚的树，她就不愿再奋力地飞。

如今两个可怜的人寻着了彼此，都恨不得把全身的劲儿使到对方身上。爱情真是老天爷最仁慈的创造，生如蝼蚁的人，也能在这幻象里活成一颗太阳。

他们就这样恩爱了小半年。有一日，澡堂子里来了一群操着外地口音的男客，这伙人喝了点儿酒，满嘴不干不净。那带头的大汉一眼就瞧上了正在前台帮忙的杨小樱，竟当着众人的面伸出一只手来，想要摸她的奶。杨小樱气愤不过，与他们争执了起来。赵长正还在内堂给客人搓澡，年长些的女工娟姐慌里慌张地跑了进来，跟赵长正说："快，长正，小樱出事啦！"

赵长正给客人鞠了躬，道了歉，慌忙跟着娟姐往外跑。一出男浴的大门，他便看见一个文着青龙白虎、满肚子白膘的男人正光着身子骑在杨小樱身上，"咣咣"地扇她耳光。四五个男人在旁边嬉笑着，几个拉架的女工被他们挤在身后，只听见满屋子的吵嚷和杨小樱歇斯底里的哭叫声。

赵长正的怒火冲到了头顶，他一把操起角落里的铁锹，死命地砸向那流氓的秃脑袋。那人被打蒙了，几秒钟反应过来，嘴里大骂着："我去你妈的小崽子，我干死你妈。"他起身和赵长正厮打起来，一伙随行的秃脑袋也挤上来对着赵长正一通拳脚。澡堂子里的男工们闻声而来，哪里能见着自家的娃娃被人欺侮，一群人蜂拥而上，两帮子人厮打起来，一时间，澡堂子成了战场，呼号声和鲜血齐鸣。

有人报了警。警察赶来时，那个骑在杨小樱身上的男胖子已经躺在地上一动不动了。两伙人都被带走了，几个处分轻的，被拘留了十几天，可赵长正却犯了大事，那男胖子的脑袋被砸开了花，缝了几十针，医生说，打得太狠，怕是脑子要瘫掉。

赵长正被判处有期徒刑五年。

3

赵长正出狱那天，太阳明晃晃的，一个来接他的人也没有。

他入狱后的第三年，杨小樱结了婚，嫁给了一个屠户。是娟姐告诉他的。娟姐给他下了一碗接风面，里面卧了两个鸡蛋。他大口吃着面，香气腾腾的，几颗豆大的泪珠子在这汉子的眼眶里晃晃转转，可就是怎样都不肯掉下来。娟姐拖了一把椅子坐过来："你也别怪她，一个女人拉扯着俩弟弟，不容易，这份罪，我是最知道的！"娟姐大名叫张如娟，比赵长正大不了几岁，也是个苦命人，一个人孤零零地带着俩娃讨日子。赵长正在澡堂子搓澡的时候，总把她当半个母亲。

没有工厂愿意接纳赵长正。娟姐说："你跟着我卖卫生纸吧，只要肯下力气，比搓澡挣钱。"

每个夜里，太阳全都掉进了山谷，星星满空的时候，赵长正就会一个人骑着一辆破旧的大梁自行车，来到这片荒地。隔着一片菜园子，赵长正能看到一盏昏黄的灯闪烁着，那是杨小樱的家——她与屠户的家。他总是不言不语，偶尔抽一根呛眼的烟。自行车倒在荒草地上，无声地陪伴着他。每晚总是十点刚过，那盏昏黄的灯便灭了，继而整个村庄也漆黑一片。赵长正便起身拍拍屁股上和大腿上的杂草、虫蚁，推着他沉默的自行车，悄无声息地离开。

整个世界空空荡荡，只有一辆落了漆的自行车守着他；他的世界空空荡荡，只剩心里某一处还想守着她。

就这样，他夜夜隔着土地和农田，一守守了整两年。两年里，他日日都想见着她，却夜夜不肯见着她。

第三年春，月色下皎白的荠菜花开了满地，赵长正推着自行车，远远地在心底与那盏灯火告了别，他要离开了，去另一个地方开货车去。货车轰轰隆隆地响，注定要淹没往昔。

赵长正从汽车站出发那天，张红英拖着一个皮子脱了毛的帆布箱子，堵在赵长正眼前。她把赵长正的那个破烂包袱一把抢了过来，使劲儿地塞到了自己的箱子里，又起身甩了甩毛燥燥的头发，神色淡定地随口说："赶明儿我给你缝件新褂子，你这出门连身像样的衣服都没有，这不全起了球？"她说着，就满脸嫌弃地扯了扯赵长正的衣领，转身往大巴车里去。

"红英，你别闹了。哪有娘儿们拉焦煤的，你这不是跟着我去遭罪吗？"赵长正立在原地不肯走，一脸无奈地望着眼前这个蛮气的女人。

"喊！你这是看不起谁哪？"红英扭过头，瞟了他一眼白，脸上全是恼怒，"我六岁就跟着我爹开拖拉机，你们两个汉子加起来也未必赶得上我。"

"不是，你知道我不是这个意思。"赵长正低下头，怯怯地不敢面对她。

"那你是什么意思？瞧不上我的意思？不想和我处的意思？赵长正，你那晚亲我的时候，可别说不是这个意思。"红英的嘴真是一把好刀子，一刀比一刀凌厉，一刀比一刀逼人，"要说意思，你可真是有意思。岁数比我大了近一轮，一毛钱的家底也没有，连俺妈都瞧不起你。姊妹们都说，满城一百条汉子，就你这么一个光溜子，让我给赶上了。你真是要啥啥没有，我可嫌你什么了？况且你……"

张红英溜到嘴边的话又咽了回去，她差点儿要说出赵长正坐牢的事，但说话不能揭人老底、刺人短处，这样的亏她吃过。更何况，现下对面站着的是她中意的男人，性子再急再泼，她倒也忍住了。

赵长正被她撑得一句话也说不出来，他也不生气，只是闷着头，跟在张红英身后，所幸一句话也没有。喧哗的汽车站里人来人往，两个默默无言的人就这样一前一后地上了一辆灰皮白顶的大巴车。

红英是娟姐介绍给赵长正的。娟姐说："长正啊，你也不能总这么一个光棍儿过日子，男人到底还是需要个女人。红英虽然长得没有小樱俊俏，可真真是过日子的一把好手。你就说这些卖卫生纸的娘儿们，哪一个能比她赚得多。"

赵长正便偶尔会多瞧几眼张红英。她高高的颧骨、浅浅的眼窝，瘦窄寡薄的额头和下巴衬得脸格外地长，满头枯枝似的乱发随风摆荡着——一副飘零薄命相。可瞧着瞧着，他见这个瘦小的女人，每日扛着十几大麻袋的卫生纸楼上楼下地跑，连他都免不了在心里惊叹，这丧家犬似的单薄身子，哪儿来的这么大力气，连粗气都不喘几声。

张红英也觉得赵长正是个怪人，她们七八个一起卖卫生纸的姊妹里，这天突然冒出了个男人。"哪儿有大老爷们儿卖这东西的？"张红英开口就没遮没拦地嘲笑他。娟姐给她使了个眼色，她才讪讪地收起笑脸来。

可不知怎的，赵长正身上总有一股说不清道不明的气息，令她寻思，让她着迷。他半天都憋不出一句话，几天才卖得出去一包卫生纸，吃饭时就一个人默默躲到角落，偶尔与娟姐说笑几句，见了其他女人就又成了哑巴。有那么一刻，红英恍然大悟，她终于从他荒芜的眼睛里察觉到了一份落寞，体味到了一抹悲情，那种藏得见不到底的悲情，只有同样绝望过的人才能嗅得到。

红英再望向赵长正时，眼底便全是躲闪的柔情。她意识到，他们原是一类人：被命运一次次摔到沟里，奋力地爬起来，再被狠狠地摔进更深的阴沟里的人。

红英嘴刁，见着赵长正就损，好似他身上没有一处能入她眼的地方。可实际上呢？她总是骑着一辆大梁车，费力地跟在赵长正身后，一经过纺织厂的家属楼，红英就扯着嗓子呼喊："卖卫生纸喽！卖卫生纸喽！全城最便宜的卫生纸！"红英的嗓门，能从一楼喊到六楼。人们便像过了冬的动物似的纷纷出了洞，熙熙攘攘地来买纸。红英笑着拉过赵长正，一小会儿两人满车后座儿的纸就全没了。

"哪个男人好意思张口叫卖啊！我也实在看不下去他那股笨劲儿。"红英晒黑的脸灌满了红。娟姐笑她刀子嘴豆腐心，嘴上不饶人，却处处护着他。

两人自然而然地就搭起了伙儿。跑上跑下的体力活儿，他再也没有让她干过；抛头露脸、抢货拌嘴的买卖，她也从没让他劳心。一个早早收工了的暑日傍晚，红英说带赵长正去吃一碗老好吃的凉皮。红英吃得爽快，凉皮的辣子抹满了嘴，红彤彤的辣椒油涂在她的唇上，落日余晖，映得那唇如血红的玫瑰。赵长正有那么一瞬间仿佛丢了头脑，嘴巴紧紧地压过去，辣得他也麻沙沙的。

卖卫生纸始终赚不到什么钱。有一日，有人给赵长正介绍了一个开大车运焦煤的活儿，赚得多，只是得到山西去，赵长正二话没说就应了下来。张红英还是从娟姐那儿听说的消息，她憋着眼泪，私底下跑去找那人，往他口袋里塞了两百块钱，问他们招不招女工。那人"嘿嘿"地笑了两声："只要你吃得了苦，男女牲畜都一样。"

二十一世纪初，张红英头也不回地离开了家乡，跟着赵长正去了远方。

4

张红英属羊，俗语流传说，属羊的女人没好命。

张红英偏不信这个邪，老天不给命，她就自己拼出一条命。她有个哥哥，就早她出生几分钟，一对孪生兄妹，怎么就没人说他没好命？怎么偏女人属羊就克夫克子没好命？

她长到十七岁，没穿过一件新衣裳。逢年过节，哥哥总有一件新棉袄、一条新裤子；哥哥去年穿旧的，她娘缝缝补补，就成了她今年的新衣裳。到了十三四岁，男孩、女孩有了分别，张红英却依旧是日日一身破破烂烂的乌蓝褂子、土灰长裤。学校里的同学们都叫她假小子，她才第一次哭嚷着和爹娘要一条花裙子，她爹蹲在地头儿不说话，她娘拿根扫把就往她身上打。

张红英争气，书越念越好，念到高中，成绩回回考第一。到了一九九六年，国家突然宣布大学生不再包分配，她娘就跟她说："女人念书再好有啥用？俺们辛辛苦苦供了你这么多年，你也该知足了。城里开了家韩国电子加工厂，正在招女工，俺替你报了名，你也下来挣点儿钱，帮衬着你哥考大学。"张红英去找爹理论，男人"吧嗒"了几下嘴，一句屁也没放出来。

她哥却没考上大学，后来学了门电焊的手艺，当了电焊工，一天上着班和人起了冲突，用一把焊接的斧头，把人活活给劈死了。那人也是个穷苦人家，好说歹说要张家赔偿八万块钱。亲戚们都劝红英爹娘把给儿子盖的新房子先卖掉，她娘却说千万卖不得，那是老张家的命根子，得留着给儿子娶媳妇儿讨生活。二老找到女儿这儿来，在电子厂门口，她娘当着熙熙攘攘的人群，"扑通"一声往地上一跪："你得救救你哥啊！俺知道你这些年打工存了不少钱！"张红英也"扑通"一声往地上跪："妈，我难道不是从你肚子里掉下的一块肉吗？你跪我不是把我往死里逼？今儿你真要把这钱拿走，我这辈子和念大学的缘分就算是彻底尽了。"她娘扯过两张薄如蝉翼的存单，一把鼻涕一把泪地抬起脚来就往外走，红英跪在地上直勾勾地往外看，看着她娘愣是一步也不回头。

佛家说，人有三世因果。张红英以前念过书，书上说，宗教是被压迫生灵的叹息，是无情世界的感情，是苦难人民的鸦片。真是有道理，要不该怎么解释她和赵长正这残破不堪的命？他们前世是种下了多大的罪孽，他生下来就是个没爹养没娘疼的孤儿，她生下来就是个爹不管娘不爱的孤星？

可她张红英不肯认命，从前是她自己要和老天干一仗，如今遇上了比自己还可怜的赵长正，就决意要拉上他，一起翻这个身。她跟他来到煤堆里，两个人都在憋着一口气往下活。

男人堆里来了个大闺女，荤话天天绕着她转。张红英再泼辣，也终究是个女人，她受不住了，跑去质问赵长正："你天天看着我被一群老流氓吃豆腐，到底还算不算个男人？"赵长正臊得眼皮只往地上掉，他想着当真该给张红英一个名分，有了名分的张红英就没人敢欺侮她，可他又不知道该给她什么名分，他的心里当真没有她。

他糊里糊涂地想了一个招儿，就是日日守在她身旁，一起拉煤、一同出工，日子久了，野汉子们知道张红英有了主儿，再也没人聊骚她，张红英便获得了一种巨大而廉价的满足。自那日傍晚，他厚厚的嘴巴压上了她薄命的唇，她才第一回觉得自己算是个女人。她从未体会过，只是因为做了回女人，生命就能冒出这么多柔软的、磅礴的、丰满的滋味来。她没有体验过被爱着的女人该是一种怎样的享受，尽管她以前读小说的时候也曾暗自感受过。她如此聪慧，以至于她不难察觉，他在那一吻之后，迅疾的冷漠与刻意的距离，都是在暗示她，不该期待一份浑然天成的爱。可是那又怎样呢？

她的一生，从未得到过一份完整的爱，甚至从未感受到过一份真切而冲动的爱，纵然他爱得再稀薄，却也是她荒芜贫瘠的心脏上唯一的一根稻草。一个被爱神抛弃了的、命硬的女人，一旦被爱打开，就是化为洪水猛兽、撒旦降临也在所不惜。她要他，没有他，这场与天对抗的战争就失去了灵魂的意义。

况且，也再没有哪个女人，能粘起他支离破碎的命。她未必要成为他全然的女人，只要守在他身边，她也可以成为他的丫鬟、他的姐姐、他的母亲——她将成为他生命的全部，成为他生命里所有的女人。

他们第一次跑远活儿，张红英早上买了四张饼，赵长正吃了仨。红英咬了一口，又怕万一中午赶不到饿着他，就偷偷把饼塞进了衣服里。果然中午遇了雨，路一跌一个跟头，到了下午三四点，赵长正的肚子"咕噜噜"地叫，红英从衣服里掏出一张饼递给他。赵长正笑得眉眼开了花，问她："哪里来的饼？"她也笑："早上多买的。"赵长正问她："你怎么不吃？"她的眉眼就笑开了花："俺是一点儿都不饿，你赶紧吃吧！"

他们头一回赚了一笔像样的钱，赵长正说下馆子解解馋，他自顾自地点了一小锅羊蝎子，快吃完了，他抬起头，才发现红英眼前一块骨头都没有。他问她："你咋不吃肉？"红英眯着眼："俺不爱吃肉呀！你快敞开了吃。我出门前喝了两大碗面，早就喝饱啦！"

吃着吃着，赵长正就觉得什么滚烫的东西掉进了滚烫的锅里。那火烧得吱吱啦啦，赵长正低着头，蚊子声一般大："红英啊，要是你不嫌弃俺，咱俩结婚吧？"

沸腾的水汽迷住了张红英的眼，她费力地搓了搓："锅底的火吱吱啦啦，把俺的眼都烧着啦！"

二〇〇五年冬，赵长正和张红英结婚了。赵长正租了一个大一点儿的砖瓦房作为新房，红英从煤窑厂的工厂里出嫁了。那一年，中国北方迎来了一场十年不遇的大雪，来接她的车子一夜被埋在了雪里，走不动了。没有娘家人，也没有婆家人，十几个工友冒着肆虐的大雪，一人拿一把扫帚，生生给他们开辟出一条羊肠小道来。赵长正撑着一把油皮伞，张红英穿着一身绣金丝红旗袍，两人紧紧地手挽着手，走在这漫天大雪里，走在这凛冽寒风中，以天为媒，以地为枕，惊鸿游龙，迎风而去。躲在窗户里看热闹的百姓们，无人不惊叹："这是谁家的女儿，肯做这样的新娘！"

人有逆天时，天无绝人路，张红英真真是改了命。时逢中国煤炭发展的黄金十年，张红英四处筹钱，果断做主包下了山里的一座小煤矿，小两口辛辛苦苦，起早贪黑，竟一日日逐渐变成了有钱人。在这片古老的黄土地上，他们第一次做起了命运的主人。

到了二〇一六年，煤炭生意渐渐不好做了，张红英决定与赵长正衣锦还乡。他们带着一双儿女，踏上了回家的列车，回到那给他们留下伤痛、屈辱，却又永远难以割舍的故乡。

5

那真是张红英一生里最光彩的时光。

她在村子里起了一栋三层小楼,盖得比所有人的房子都高。远亲近邻都知道张红英发了财,人人皆改口:"红英打小儿就念书好,注定是个好命的人。"她的爹娘、哥嫂日日嘘寒问暖,再也没有比他们更浓厚的骨肉亲情,就连赵长正的养父母,都打探到红英小时候最爱海棠花,指派着他们那不争气的亲儿子——和赵长正毫无血脉关系的兄弟,一盆盆地往这里送。张红英真真切切地感受到自己又重生了一次,她好似尚在襁褓中的婴儿,头一回来到了这人世间。

世间的好意,她照单全收;来求她帮忙的,她也全都爽快地答应。可只有一样,凡是来借钱的,她一概敬谢不敏。赵长正的养母不甘心,偷偷跑来找赵长正,张红英把她拦在门后:"俺们结婚时,一一给你们打过电话,可到底是一个人也没有来。婆婆您当时在电话里说,俺们不就是想要份子钱吗?您一分都没有!这句话俺可是记在心里一辈子。"

来借钱的人皆讪讪而去,不久,人们便知道,满村子能让张红英主动掏钱的,只有柳爷一人。

这一日,柳爷进了张红英的院门。他眼睛眯成一条缝:"红英啊，出息了，看看院子多气派！"张红英慌忙起了身，匆匆往门前跑："爷爷，怎么劳您过来了？"柳爷"嘿嘿"地笑了两声，伸出一只苍劲的手，摸了摸张红英的头："看来还是我的乖孙女儿，爷爷是怕你发达了，忘了我这把老骨头。"

张红英屈右膝、弓左腿，俯身垂首、两手交叠，做出戏里小姐拜父母的大礼来。柳爷怔了怔神，老泪就涌出了眼眶，顺着他满脸的沟沟壑壑往下淌。赵长正在一旁看傻了眼，他一时摸不清状况，又被张红英这深藏着的，如此风情、如此贵态的女儿仪姿震慑住了心神。

张红英七岁那年，一日下学回来，见村口那株古老的水杉树下，一老头儿闭着双目，拉一把二胡，摇头晃脑，咿咿呀呀。她觉得甚是有趣，上前席地而坐，静静听曲。老头儿问她："想不想学坠琴哪？"她兴奋地点点头，快乐而懵懂，才知晓那宝贝叫坠琴，不是二胡。红英聪慧，几年便卓见功底。如果说她惨淡的童年和青春里的黑暗无边无际，那柳爷和他的坠琴便是她唯一的一束光。

柳爷的恩情，张红英没齿难忘。

柳爷来是想劝红英重回村里的吕剧团的，红英犹豫片刻便答应了。她又主动掏钱给剧团买了十几箱子的新戏装，这下戏团热闹上了天，老剧新戏连着排，真真是一段快活的好时光。

赵长正也被拖来唱小生。他被几个娘儿们拉到后台洗脸、换水衣，再到化妆镜前抹彩、勾脸、贴片子，又勒头、吊眉、戴髯口，一袭蟒袍、官衣加了身，木讷老实的赵长正，竟生出一副眠花卧柳、吹笛弹筝的公子风流来。莫说别人看了直夸口，连张红英见着都脸红。晚上她穿着戏里的牡丹肚兜儿，只想着往他身上贴。

一夜缠绵过后，夫妻二人亲昵地依偎在一起，他们心底做起了一个同样的梦。他们终于彻底摆脱了生存的桎梏，不必再像他们的祖祖辈辈那般，被困在"吃不饱饭"这层痛苦里苟且一辈子，也不必再因贫穷而屈辱自卑，直至生命的终结。他们终于活得像个人那般，一个有脑子、有心脏、有灵魂的人那般，感受爱，感受美，感受尊严。他们在戏里，一个唱小生，一个唱小姐，又重新遇上了彼此一回，重新爱上了彼此一回——他们在戏里双双找到了活着的意义。

可在赵长正千万次的梦里，他也万万没料到，让他重生的是戏，毁了他人生的，也是一出戏。

他在这场戏里，竟然重逢了杨小樱。

杨小樱的前夫家暴她，忍耐到女儿念了初中，杨小樱便离了婚，回了老家。这年春节，县里发来了好消息，为树立乡村文明的典型，县里拨了一笔钱，让几个村子的戏班子联排一出戏，大年初一到城里会演。众人乐得合不拢嘴，早起睁眼就开门练嗓，夜夜三更也不肯入睡，人人都疯魔了似的，只为争一脸荣光。到了时日，柳爷带着戏班子去县里会合，赵长正却傻了眼——只一眼，他便在人群里认出了一身戏装、满面粉黛的杨小樱。

恩爱的时候，张红英躺在赵长正身下，也曾问过赵长正，他心里以前有没有过别的女人？他一言不发，愈发野蛮粗暴地动起来，弄得她生疼，她便"嗯嗯啊啊"地跟着旋转，哪里还顾得上有没有个她？恩爱完了，她又想起来，追着他逼问，赵长正便一脸愁苦，说他这个破落样，哪个长眼的女的能够看上他。

等张红英知道了杨小樱，还是扮武生的宋家昌告诉她的。戏班子里的人都知道了，人们看到杨小樱抱着赵长正，哭得梨花带雨、妆容全花。

张红英被雷劈了顶！多少个日日夜夜啊，可叹她自以为聪明执着，觉得他老实木讷，便把全身心都付了他。可到头来原来是天底下她最痴傻，活生生被他欺瞒戏耍。

她心里藏着一肚子话想要问他，强撑着精神移步回家。她有些分不清此时是在戏里还是在梦里，她想不明白他怎么忍心欺骗她，又怎么忍心背叛她？

赵长正戏装未褪，一身空乏。他痴痴地想，该如何面对杨小樱，又该如何面对张红英？他想起那年大雪，纷纷倾下，他与杨小樱温泉缠绵、郎情妾意、海角天涯。他又想起那年大雪，鞭炮唢呐，他与张红英逆风行旅，十指相扣，四海为家。戏文里说，哪有夫妻日日欢好，人生到白首，仰仗的还得是恩情。

恩情比天大。

他这么想着，日头过了西山，正往西下。他好似入了梦，电话却丁零作响。他接到了警察的电话，张红英过马路时闯了红灯，一辆货车没留意，撞死了她。

6

晚香玉的《姊妹易嫁》到底是没演成。

彩排的第二日，柳爷躺在院子里的凉椅上睡着了觉，瓜熟蒂落，驾鹤仙去了。柳爷一走，众人心灰意冷，葬礼上，福伦拖着他那一条残腿，自言自语道："没啦，一代人全没啦！都散了吧，散了吧！"

人们正要离去，角落里的赵长正却突然站起身来。人们把目光都投向他，他开了开嗓，甩起空空的水袖，忽而起唱：

想当初含羞带怒离张家，
现如今乔装改扮试素花。
她若是依然执拗不愿嫁，

我只好一刀两断舍弃她；

她若是主意改变随我去，

我这个新科状元就认下她。

有道是"君子不念旧时恶"，

从今后恩恩爱爱过生涯。

他唱的是《姊妹易嫁》里的小生毛纪，这是个考上状元的放牛郎，由贫入富，回来迎娶儿时订有婚约的张家姐姐张素花。可惜素花不知他已高中新科状元，只嫌他家贫，不肯出嫁。素花的妹妹素梅不满姐姐嫌贫爱富，又深知毛纪品性敦厚老实，重情重义的妹妹素梅便决意代姐姐出嫁。往年，赵长正唱的便是小生毛纪，张红英唱的正是小姐张素梅。

他的唱腔抑扬顿挫、穿云裂石，众人皆入了神，他抬腿扶摆，穿梭在一众前来吊唁祭奠的宾客之中，生生把这葬场做了戏台。忽而，他一转身，仪姿突变妩媚，似娇花照水，如弱柳扶风，声腔珠圆玉润，时而绵言细语，时而敲金戛玉，余音绕梁，不绝于耳。众人皆侧目，他竟一人分饰男女两角儿，扮起小姐来，唱道：

我若不把毛哥嫁，

他定是冷冷清清、凄凄凉凉、孤身一人转回家；

我若答应代姐嫁，洞房相会说什么？

这真是雨里爬山难上下，冰上过河进退滑。

…………

这真是（念）祸福常难遂心愿，得失却在无意中呀，
呀呀呀。

他一时扮着毛纪，一时又扮着张素梅，一时是赵长正，一时
又成了张红英。他一人分饰两角儿，天地之间，一川风月，满堤
杨柳。伴他孤影起舞的，只剩那一池子的海棠花。

All the Wheat
Loved Spring

没有一株麦子
不热爱春天

———

纵使相逢
应不识

尘满面
鬓如霜

《江城子·乙卯正月二十日夜记梦》
苏轼

院子里的麦青滚滚，一只蛾子直愣愣地扑到她的眉前。

没有一株麦子不热爱春天。

玖 没有一株麦子不热爱春天

I

好大一片麦田。

胶东大地被太阳捂熟了，几百亩的辽阔土地上，金灿灿的麦子一株挨着一株，一穗压着一穗，麦芒在日头底下亮得闪烁，星斗万千。风一来，麦浪汹涌，奔流成海，犹如神迹。

日本人早就被打跑了，内战也没有波及这偏远的沿边之地，人们倒是过上了几年安稳的好日子。农民只日日盯着自家的麦子：四月麦青挺梃了，五月麦头吐穗了，六月小麦要收割了。喜气藏在每个人的心尖尖上。

这是一九四九年，是个丰收的大年。

早上五点不到，天且蒙蒙亮，月亮在黛色的空中冷清清，陈家三兄弟已起了身。陈母下了一锅荬瓜鸡蛋花汤卤子面条，爷们儿四个"吸溜吸溜"的吃面声此起彼伏，四五分钟，一大锅面就没了。陈少民跟在两个哥哥陈少文、陈少武身后，他们一人推着一个小推车，车子里塞满了镰刀、草绳、小铁锹，父亲陈庶振走在最前头，吸一口旱烟，没睡醒似的，一句话也没有。到了麦收的日子，陈家四个老爷们儿早出晚归，两天的工夫就能收拾利索这四亩三分地的麦子，这就是男丁兴旺的好处。

两个大儿子都二十几岁了，最小的陈少民也十九岁了，三个儿子猫在麦地里，一条条地龙似的朝前拱，所经之地，麦地就光秃秃了，麦穗倒成一片。陈庶振干的是最轻松的活儿，他跟在儿子们身后，把割好的麦子一摞一摞地叠在一起，再用秸秆捆扎起来，堆在手推车上。村里的乡亲们都羡慕，又着腰，抹着汗跟陈庶振说："还是多生儿子好啊，瞧把你这个狗日的给清闲的。"陈庶振憨憨一笑，低头该忙活啥忙活啥去了。

到了九点多，日头就很敞亮了，晒得人发昏。广袤的麦子地里，几十个汉子纷纷脱下早晨穿的单褂，一个个赤裸着身子，埋在麦芒里，挥着镰刀，伏地而作。陈家的麦田就格外吸引人了，三个大小伙子，个个浓眉大眼，全是一身精壮结实的腱子肉，惹得临近的女人们——不管是小媳妇儿还是大姑娘，都忍不住齐齐弯下腰，装作拾麦穗的模样，低头偷偷往这里瞭上几眼。陈庶振生得一副好皮囊，他的儿子们又个儿顶个儿地遗传了他的好基因。年轻的男性肉体和烈日、麦收、炽热的大地构成了一组野性的油画，无人不赞叹这原始的、健硕的、富饶的丰收之美。

十九岁的陈少民走到哪儿都是视线的焦点。尤其此刻，他站在麦地的田垄上，右手举起一只铁皮水壶，左手叉着腰，仰着脸，

"咕咚咕咚"地大口喝水，水花溅得哪里都是：溅到他黝黑挺拔的鼻尖上、平缓宽阔的胸膛上、浑圆厚实的肩膀上。一滴水珠子顺着他的嘴角下淌，淌过高挺的喉结，一凸一凸的，像远征的号角。他光着身子，灰绿色的长裤已挽到了大腿根儿处；他挺起胸膛，紧缩腹部，手臂跳动的青筋清晰可见，结实紧致的腰身微微扭曲，臀部更显得孔武有力。阳光暴晒着他，他却毫不畏惧，一身的汗水反射出生动的光泽，勾勒出一道道优美的肌肉曲线——青春自带权威——风谄媚地吹向他，植物在他面前惭愧地低下了头，连他两个哥哥瞧他的眼神里都带有一丝玩味和艳羡。休憩的片刻，他迎风挺立着，时而以一种强健暴烈的男性美诱惑着缠绵的春情，时而又仿若一个不可被亵玩的钢铁战士，弥散着少年英雄的巍峨气象。

女人们都爱招惹他，他也跟抹了蜜一样，满嘴的香甜，见谁都爱玩笑。他的两个哥哥都已娶了亲，上门来说媒的人踏破了陈家的旧门槛，都是为这发光的陈少民。他暗地里知道自己讨人喜欢，表面上就更无所谓起来，好似和谁家的姑娘都有一段风流。未嫁的姑娘们嘴上都嫌他花心，私下却加倍密切注视着，他到底和谁是真亲近。

麦收这日，陈少民的好事才显了端倪。

连片的麦地东头，长着两株连生的野桑树，谁也不知道这两株连生树是哪年冒出来的，等人们注意到时，它们竟已挂满了玛瑙般的硕果了。起初人们经过这野桑树，神情全是羞答答的，满眼想亲近的欲望，却一个赛着一个地扭捏。也不为别的，正是这两棵树生的位置巧妙：桑树以东，是东杨家庄，桑树以西，是西杨家庄。两个都是有百十来户人家的大村子，以千亩山田为分界线，分界线的最中点，便长了这两棵野桑树。东杨家庄的人怕西杨家庄的人说闲话，西杨家庄的人也不甘先占了那贪便宜的坏名声，直至桑枣都落了一地了，才有几个十二三岁的小丫头，忍不住馋，手挽着手来树底下捡着吃。

孩子们开了头，大人们便百无禁忌。麦收农忙的晌午或傍晚，两个村子的人们累了，便都来这野桑树下坐着纳凉。这两棵树，枝繁叶茂，参天而生，和旁边几株柳树一起，给人间撑起了好大一片自在。大家伙儿自发地形成了一种默契：汉子们只坐在那几株柳树下，女人们才好意思边闲聊边顺手摘一把野果甜嘴果腹。这时陈少民便注意到了她，这个貌不惊人，却恬然自若的女人。

十九岁的徐凤英在家中排行老二，上头一个姐姐，下面两个弟弟。两个弟弟还小，麦收这样的农活儿，徐凤英也就成了主力。十九岁的徐凤英在整个村子的姑娘里谈不上是最漂亮的，但也说不上丑，她不高不矮，也不胖不瘦，平日里沉默寡言，鲜少听到她讲什么话，唯有两根乌黑浓密的大辫子，贼亮贼亮的，招人羡慕。除此之外，却也实在没有值得人再去回味的地方了。

人们着实想不明白，这陈少民到底喜欢上了徐凤英什么。麦收后的不几天，西杨家庄的陈家便急匆匆地请了媒婆，到东杨家庄徐家提亲去了。

一九五〇年春，陈少民与徐凤英成了婚，一时间，东杨家庄与西杨家庄两个村子，好不热闹。

2

陈少民读过几年书，恩爱起来也净是花样，直惹得村子里的老人侧目、女人眼馋。

这年的气温一直没起得来，到了四月初，依然寒意笼罩，山野里一抹春气都没有。陈少民愣是在一处山沟沟里折到了一枝山柴了花，那是一种野樱，只长到大人膝盖的位置，花开的时候，从底到上，一束银装素裹、繁密娇俏。徐凤英早上睁开眼，见陈少民侧躺在她身边，瞪着一双含情的大眼睛，贼溜溜地盯着她。徐凤英羞得提起被角儿遮了脸，陈少民笑嘻嘻地把被子扯了下来，变魔术似的拿出了一束粉白的野樱，徐凤英"咿呀"地坐了起来，脸烧得艳过彩霞。

他也不避讳，每日清早，他拉着徐凤英的手，夫妻二人一人扛把锄头，一人拿把铁锹，去菜园子里疏土种菜。路人们扯着嗓子取笑他，年轻点儿的男人免不了说几句淫荡的玩笑话，徐凤英急得直把手往回缩，陈少民却扯得死死的，故意在徐凤英的掌心里挠两下。以往爱和陈少民贫嘴的几个寡妇见了，上前来与他像往常般打闹，陈少民却收了心，一个人走路时也躲避着旁的女人，恼的这些娘儿们在身后把唾沫啐满地。

陈家住着个大院子，一共四间房：老大陈少文夫妇和父母住东侧两间，陈少民与二哥陈少武夫妇住西侧两间。这日，陈少民与陈少武兄弟俩在院子里磨镰刀，一向爽快利索的陈少武突然梗着脖子红着脸，支支吾吾地开了口："那个，少民啊，二哥得跟你说个事。"

陈少民干着手里的活儿，搭着腔儿："你说，俺听着，二哥。"

陈少武低着头，眼直勾勾地看着手里的镰刀，黝黑的面皮儿臊得通红："那个，二哥是过来人啊，我得说说你。你也娶了媳妇儿一个多月了，那事不能天天做，做多了伤身体。"

陈少民晃了晃神，抬头看了一眼脖梗紫红的陈少武，"噗哈哈"地大笑了起来，见陈少武渐渐有些恼怒，才憋住了笑，把脸凑过去小声问："你和嫂子难道不每天都要吗？"

"要你妈个腿！"陈少武一个巴掌拍在陈少民脑门儿上，陈少民脑壳儿一阵生疼，起身就跑，一边往屋里喊着："娘哟，我二哥骂您咧！"兄弟俩嬉笑着追打起来，打闹了好一会儿，陈少武喘着粗气说："我说真的，你就是真那啥，也小声点儿。你这一晚上好几次，动静忒大，气得你嫂子天天晚上掐我大腿根儿！"

夜里，陈少民把二哥这话悄悄讲给被窝儿里的徐凤英听，一向腼腆寡言的徐凤英羞得拿起枕头直往陈少民的脑袋上砸。陈少民一个翻身把徐凤英压在身下，笑吟吟地说："我果真是讨了个好媳妇儿。"

徐凤英摸着陈少民硬挺的眉骨、俊俏的鼻尖，她还是第一次开口问："俺娘说村里好多大闺女都喜欢你，你稀罕俺什么？"

"俺稀罕你的两条大长辫子，"陈少民也刮了刮徐凤英娇小的鼻头，柔情灌满了他乌亮的眼眸，"去年麦收，我瞧见你在桑树下，捡了很多桑果子，自己却一个也没舍得吃，全装在了口袋里，等你娘来了，你把果子一个一个都喂给了她。俺就知道，你定是个善良贤惠的好女人。"

"俺娘的右手是残疾，俺得照顾着她。"凤英白日里的辫子解开了，泼墨似的洒在灰格子的枕面儿上，洒在她白花花的胸脯上，月光从窗户飘进来，缱绻地亲吻着每一丝长发，发梢亮晶晶的，宛如一幅躺着的中国山水画。

"俺偷偷瞧你好久了。俺从小心里就立誓,将来讨媳妇儿,一定得找个能孝顺俺娘的好女人。"陈少民嘴上说着正经的事,下身却格外觉得刺激起来,他的欲望升腾难耐,厚厚的嘴唇山一样地压下去。又是一夜的春天。

陈家的日子过得粗糙,却也有滋有味。这样的活法儿一直持续到了一九五〇年的夏天——陈少民要当兵去了。

这年初夏的一个傍晚,西杨家庄回来了两个老兵,部队放假准他们回乡探望爹娘。其中一个,名叫陈鲁兴,论血缘,算是陈家五服内的表亲。按宗族乡规,陈庶振请陈鲁兴父子来家里喝酒,酒过三巡,陈鲁兴对陈庶振说:"俺现在给一师长当勤务兵,师长待俺老好,如今仗也打完了,俺可以和师长说说,带个新兵回去。你家仨儿子个个样貌好、体格壮,去跟着当几年兵,将来日子就有了奔头。"陈庶振动了心,私下和老婆商量,陈母却死活不同意:"这仗打了多少年,死了多少兵,俺仨儿守着俺过一辈子,俺最安心。"

陈母是个没主意的人,陈庶振也是。他嘴上嘟囔着:"仗都打完了,哪里还会再死人?"嘟囔着,陈庶振就顺势放下了手里正清洗的碗筷,卷了一口老烟出了门,没了踪影。

陈少文和陈少武已经有了几岁大的孩子,压根儿就没把这话往耳朵里听。陈少民却动了心思,他庄重得很,拎着一壶酒去找陈鲁兴。

他一心想当英雄，九岁那年，他偷偷给当地的抗日游击队送过一次情报，在残酷的战争中体验了一把童真的游戏，遥远的血腥加重了那场童年幻景带来的过瘾和刺激。他从不甘心在土地里匍匐着的岁月，像父辈那般死守着两亩三分地草草过一生。如今机会来了，冥冥之中，陈少民坚信，他的命运将会由此改变。

徐凤英没有说一个"不"字。

自陈少民在野桑树下打量她的第一眼起，到他来求亲，与她成婚，与她恩爱，在他们的关系里，她就从未说过一个"不"字。他念过书，他所说的，她便相信是真理；他待她好，他所信的，她便坚定是永恒。

那日临别相送，一家人只能送到村口。陈少民只背了一个包袱，跟着陈鲁兴上了马车。陈母抹着眼泪，被两个儿媳搀扶着。陈庶振与陈鲁兴寒暄着，再一次拜托他看在父老乡亲的脸面上，万万要多照顾陈少民。陈少文、陈少武兄弟俩走到马车前，拍了拍陈少民的肩膀，少民说："哥，以后爹娘就交给你们了，凤英如果做得有什么不周到的地方，你们也替我多担待。"陈少文一口应承下来："你一切都放心，家里有我，你第一次出远门，万事要多小心。好好伺候首长，早点儿回家！"

徐凤英缓缓走上前，递上一个白包袱，里面裹着三十多个昨夜煮的熟鸡蛋。她又递上了一个红包袱，里面是一件湖蓝色的棉袄，是她去县里当了自己的一对婚嫁的耳环，为丈夫买的过冬的新衣。

陈少民说："你等着我，我一定尽早回来，让你过上好日子。"

徐凤英说："我等你，你放心，我会替你孝敬好爹娘。"

陈少民随马车去了。马蹄卷得尘土滚滚，回头望，烟尘里个个微茫昏黄。

没过多久，又到了麦收的季节，徐凤英坚持随陈家父子一起去地里割麦子。她站在田垄上，偶尔抬起头，看得到夏天的麦田，望不断归处的远山。

一只蛾子直愣愣地扑到她的眉前。

3

徐凤英怀孕了，陈少民走了一个多月后，徐凤英才有了迹象。

这天大的喜事，乐坏了陈家二老，他们不识字，便让老大陈少文写了信，托人捎给陈鲁兴。村子里只有和陈鲁兴联系的方式，陈庶振想，用不了多久，儿子就该知道自己要当爹了。他想起从小就浑实顽劣的小儿子，如今也要当爹了，嘴角的旱烟就"滋啦滋啦"地更响了。

可迟迟没有回信，到了年底，徐凤英挺着大肚子在院子里喂鸡，"咚咚咚"地有人敲门，陈庶振去开门，陈鲁兴的爹皱着眉眼，连门槛都没有跨进来："糟了，送信的人传回来话，信没送得到，没有联系到俺儿。他打听说，俺儿所在的部队，整个支援朝鲜去了。"

"那少民呢？"陈庶振打了个趔趄，身子倒在门框上。

"肯定也是去了，这可该咋办？"陈鲁兴的爹抬起满是斑纹的手，捶打着腐朽的木门，荡出一声声沉闷的回响。

徐凤英在院子里听着，前些天，她去过县城给孩子扯布料做衣裳，路上听到县城的大喇叭里，女广播员用洪亮的嗓音喊着总理的话："……号召全世界一切爱好和平正义和自由的人类，尤其是东方各被压迫民族和人民，一致奋起，制止美国帝国主义在东方的新侵略。"

那时她哪里知道，这一句话也是她的一生。

一九五〇年十月，抗美援朝战争揭开序幕。这一年，二十岁的陈少民去了朝鲜，奔赴那生死未知的英雄梦。

一九五一年春，徐凤英的女儿降生了，取名叫陈麦，麦子的麦。这一年，陈少民没有任何消息。

一九五三年夏天，陈麦虚三岁时，陈鲁兴回来了，他在战场上丢了一条腿。徐凤英抱着陈麦挤进陈鲁兴的院子里，张着嘴盼望着，甩着辫子期待着，用快要跳出来的心脏乞求着，他是她最大的指望。陈鲁兴抬头看了一眼徐凤英，头颅就垂了下来，他说他最后一次见少民，已经是两年前了，之后再也没有打听到他的消息。

一九五八年秋，陈麦八岁了，中国人民志愿军全部撤离朝鲜，返回祖国，陈少民依然杳无音信。这时，人们终于明白——陈少民牺牲了。

所有人都坚信陈少民死了，只有两个女人不信：陈母不信儿子死了，徐凤英也不信。从不与人口角的徐凤英听到有人议论，破天荒地走上前，冷冷地直盯着那人的眼："他没死，你们别瞎说。"说话的人讪讪地小声嘀咕着："那人没死，你倒说说哪儿去了？"徐凤英默不作声，头也不回地走了，两条长辫子甩出一整条街的遥响。

岁月在徐凤英身上长出了一股力道，她的生命开始显现出一种动人的美。愈是苦难的日子，这美就愈发地动人心魄。

譬如，饥荒来了，原先和善的人们，如今都成了一头头红着眼的困兽。陈少文、陈少武的两个老婆也骚动了，粮食不够吃，谁都忍不住动了歹念贪心。唯独徐凤英不慌不忙，三月，她带着陈麦去远山沟里，荠菜没有了，她就挖曲曲芽子、蒲公英，她总有办法能挖满整个菜篓子，回来再把它们变成鲜美的汤，陈家人的人心和人性便被这汤水稳住了。

六月，徐凤英带着陈母、陈麦和两个嫂子打槐花。树低处的花早就没了，她便练就了一身爬树的本领。她一个人跨在高杈上，大棉花似的白云悠荡荡地在她头顶飘着，那垂在空里的两条乌黑的辫子好似自由的秋千。陈麦被母亲的美吸引住了，打落的槐花落了她满头，她恍恍惚惚地放了一朵在嘴里，却一直甜到她心口。

譬如，斗争来了，城里一下子冒出了许多恶鬼。徐凤英带着陈麦去买盐巴和酱油，路过一户人家的门口，两个和陈麦差不多大的孩子，跪在玻璃窗外，眼睁睁地看着屋里的父母相互扇着对方的嘴巴子。一群人站在一旁，大义凛然地斥责他们要老实交代问题，积极揭发到底是谁先叛变了革命。陈麦青春的心惊惧不安，又满是怀疑，她问母亲这里发生了什么。徐凤英只是轻轻地摇摇头，说："人活得不是人，鬼死得不像鬼，你记住，就是死，咱也不能这样活。"

暗涌渐渐漫延到了村子里。早些年说陈少民死了的那些人，突然一夕之间改了口，说陈少民还活着，有人见到了陈少民，他做了美国人的俘虏，成了中国人的叛徒。徐凤英起先当了真，以为陈少民真的还活着，但不久她就看穿了这些人的把戏。一夜，她把陈麦叫到眼前，抚摸着陈麦乌亮的发，细声地叮嘱她："你记住，无论谁说你爹是叛徒，都不要信。说这话的都是小人、地痞、流氓。"陈麦说："可不听他们话的人，都被挂了牌子，戴着高帽子去游了街。"徐凤英拿出一瓶农药："没事儿，咱不怕，大不了和他们同归于尽。"

徐凤英说得那样平淡，那样和气，把"死"说得和去院子里喂鸡一般。陈麦就真不怕了，她觉得母亲大无畏起来，真真像是一个女菩萨，又好似一个大将军。

一九七七年，陈麦嫁人了。一九八〇年夏，陈庶振过世了。又半年，陈母也去了。陈母临走前，嘴里含混不清念着的，仍是她的小儿子。

陈母走的那一晚，徐凤英伏在棺材前号啕大哭，无人能劝住。闻者伤心，听者流泪，人人都说陈少民当年果真有眼力，一眼讨了个好老婆。

徐凤英葬了陈母，磕了头，忽然起身和陈少文说了一句没头没脑的话："大哥啊，俺心里都清楚呀，少民没了啊。早没了。"

4

李朝生再一次踏上这片土地，是在一九九八年。

他随儿子来的，他的儿子叫李念之，有个聪明的头脑，生意从汉城做到了中国。一九九二年夏，韩国正式与中国建立了大使级的外交关系，结束了两国长期互不承认和相互隔绝的历史。但毕竟两地一衣带水、一海之隔，提前嗅到了风吹草动的两地民间商人，闻声起舞，早早就开始了相互往来。

此时，胶东大地正沐浴着改革开放的春风，迎接着一场酣畅如金的春雨，而韩国企业在汉江奇迹之后，也正热切地寻找着下一个闪耀之地。韩国油公海运、东源水产、三一电子、三星电子、大宇财团等纷纷派人前来考察，寻找商机，年轻的李念之便是其中的一员。他敏感地预见到了这片土地的未来，自己筹款投资兴建了一家电子加工厂，取名为汉威电子有限责任公司——历史证明，他的决定无比正确。

李念之往来中国七年后，父亲李朝生才跟着他来了。他们是坐船来的，眼看着码头越来越近，越来越近，一向沉默寡言的李朝生竟"呜嗷"一声放声痛哭起来，那哭声比码头的轰鸣声还要响。船上有个打扮时髦的女人想要起身指责他，可他实在哭得太伤心、太真切了，人们好似都陷入到了一场戏里，跟着他伤心，跟着他流泪。没有人知道那是怎样一个悲伤的故事，但人人都被勾起了埋在心底的往事，那些往事轻易不能提，提起了便要把人往死里咬。

船靠岸了，李念之扶着颤悠的李朝生往外走，乘客们纷纷起身给他们让路，众人注视着他们，仿佛在目送一个时代的远行，也在告别曾经活过的自己。如今船靠岸了，哭声停了，所有人的梦都该醒了。女人们补补胭脂水粉，男人们拍拍肩膀袖子，一整船的欢声笑语煮沸了。日子又活了下去。

一九九八年，李念之的母亲过世了。过世前，母亲对他说："他的心不在我这里，我走后，你把他带走吧。"

李念之活到四十五岁，才第一次听懂了父母的故事。

一九五二年，李念之的母亲朴恩惠在山沟沟里捡回来一个人，他的脸上全是被山石割破的血痂子，一道一道，狰狞得吓人。她把他拖回家，日夜照料着，疤一日比一日浅，伤一日比一日轻。一个多月过去了，那人才露出了真面相，竟是一个标致的好男儿。

朴恩惠是个寡妇，刚结婚两年的丈夫打仗死了，她认定这是老天睁了眼，赔给她了一个男人——可这男人竟然是个中国人。他醒了，哆嗦着问她这是哪儿。她听不懂；她告诉他这是巨济岛，他听不懂，只是吓得浑身直哆嗦。

朴恩惠猜出来了，他是逃出来的战俘。巨济岛有美国修建的战俘营，里面关押着十多万朝鲜战俘，如今，也有中国兵了。朴恩惠决定把他藏起来，不知为什么，她见他的第一眼起，就认定了他是她的人。朴恩惠说："以后，你就叫李朝生了。"李朝生听不懂，他躺在地上，闭上了眼睛。

没有人知道李朝生到底经历了什么，这一辈子到死，他也再没提过一个字。

李朝生真的成了李朝生了，他是一个性格木讷、老实巴交、谨小慎微，甚至唯唯诺诺的男人。他忘记了种地的本领，学会了捕鱼和养蟹；他慢慢能听得懂大部分韩语，可他又总是一副什么都听不懂的样子。朴恩惠高兴的时候，他也轻轻跟着笑；朴恩惠愤怒的时候，他便抬起两只手护着头，没有争辩，没有反抗，任由她打。他哪里还记得英雄的梦想，不过是一具行走的躯壳。

战争结束了，日子越过越好，朴恩惠不再藏着李朝生了，越来越多的人见过他。大家都说朴恩惠性子泼辣，难得找了这么个老好人，事事依着她。朴恩惠苦瓜似的脸笑笑，她自己心里清楚，战争结束了，可他心里仍然画了个牢。她把他当丈夫，他却把自己当奴才；她满心都是他，他心里却一丁点儿也没有她。

一九五三年，他们的儿子李念之出生了。朴恩惠从此把所有的心思都放在了儿子身上，再也无意控制李朝生了。李朝生感受到了这种变化，愈发羞愧苟且地活着，只是干活儿时更加卖力了。

一九五八年，李念之五岁了，李朝生听说中国人民志愿军全都撤离了朝鲜，返回了祖国。他在房子后面起了一座坟，埋了当初身上的一件衣裳，那是从中国穿出来的衣裳。他对着坟磕了几个响头，说："娘，儿子不孝，从今儿起你们就当我死了。下辈子俺做牛马，伺候您。"

一九八三年，李念之三十岁了，报纸上说北京申办了亚运会，两国民间开始有人偷偷来往了。李朝生好似从一觉大梦里惊醒了，他四处打听，果真听说有一个祖籍山东的老乡，顺利回家去了。李朝生穿了一身定做好的西装，偷偷对着镜子照：他五十三岁了，鬓角全都昏黄了，额头上的褶子一道又一道。他看着看着，血管里就蹿出了一条毒蛇，吐着剧毒的汁液，在他身子里流窜着，不一会儿，他全身就被恐惧和憎恶占领了。他惊慌地看着镜子里的老人，眼角就流出泪来。他又默默脱下西装，看了一眼桌子上摆放着的那张和朴恩惠的合照——那还是儿子结婚时，两个人才有的第一张照片。

一九九八年，李念之四十五岁了，七十一岁的朴恩惠过世了。六十八岁的李朝生跪在朴恩惠坟前，"咣咣咣"地磕了三个响头，一遍又一遍地唤着："恩惠啊，恩惠……"

李朝生回来了。

千亩的麦田不见了，东杨家庄和西杨家庄也不见了，土地不见了，乡村也不见了，一座座两层的小阁楼拔地而起，所有的人都展露着新鲜的容颜。

他在儿子的电子厂附近开了一家小超市，每天盯着这座熟悉又陌生的城市人来人往，他睁大着昏老的眼睛，生怕错过了每一张亲切的脸。

起初，他见到似曾相识的脸就诚恳地问："您可知道以前有个村叫西杨家庄？"慢慢地，他逢人就问："您可认得一个人叫陈少文？陈少武？陈庶振？"

他心里明白，爹娘多半已不在了，可他心里仍存着一份幻想，说不定爹已经躺在炕上不能动了，娘已经糊涂得认不得他，可是他们都还在，他还能走进那个院门，拱到娘怀里撒个娇，叫一句："爹、娘，儿回来啦，儿饿啦！"

李朝生一个人一个人地问，他坚信，两个哥哥总该能找到，那是他在这个世上骨肉相连的牵绊。他的心底也藏着一个遥远的追问，他还有一个女人——一个只与他恩爱了三个月的女人，一个他在异国他乡曾夜夜思念的女人，可那个轮廓样貌早已模糊不清的女人，他哪里还指望能再见到她。有时他也做过隐约的梦，梦里，她甩着两条长辫子，仍痴痴地站在村头等着他。梦醒了，他恍惚许久才敢睁开眼，心里也盼着她能再遇到一个待她好的人。

可始终没有任何消息。

一个月过去了，一个春天过去了，一年也过去了，李朝生的旧疾愈加严重，身体大不如前。李念之担忧父亲，说这样下去也不是个办法，他希望父亲能在故乡重新找一个体己的人，多少也是个伴儿。

李朝生哪有那样的心思，可又实在拗不过儿子，他有时也去见见人，见了人，他体面地替人家倒水，请人家吃饭，可却从没有再多的话。与他相亲的老太太们跟中间的媒人说，很中意他，可李朝生总是笑着摇摇头，媒人便与李念之说："你爹这是在等个天仙！"

陈麦也找到了婚介所。她要跟丈夫到杭州去了，她劝母亲随她去，可她太了解徐凤英了，这个倔起来似头驴的老太太，到死也要守着她那一亩三分地，快七十岁的人了，注定生生死死都要在这片土地上。

是四月。艾草、蓬蒿和荠菜为春天织了一张软软的席，蜜蜂、喜鹊和蚂蚁在辽阔处呼吸新鲜空气，李朝生讪讪地跟在儿子身后，又要去见一个陌生的女人。

那是一户老旧的小院：铁栅栏做的门，黄岗石砌的砖，门前一丛含箨绿竹，新梢探出院墙，一条水泥小路蜿蜒入房前，小路之外所有的地方，全都长满了青青小麦，如园林牧场、微小农田。李朝生说不出是哪里熟悉，他只觉得恍惚梦里曾相识，这时一个老妪开了门，风掠过她灰银的鬓发，陈麦在她身后抢先开了口：

"李叔叔，李大哥，快进屋里来。"

儿女们怕爹娘又糊弄，索性这次陪着他们一起来。两人也略感尴尬地相互笑了笑，陈麦跟娘说："您和李叔叔先聊会儿天，俺和李大哥去超市买点儿菜。"

李朝生细细打量起这个女人，她和善的脸色里藏着一些漠然。她低头和他说："丫头净胡闹，你别见怪！"说完，她就挪着缓缓的步子出了院门，有一会儿，她又缓缓地抱着几根松木劈成的柴火回来。

院子的烟囱上，不多久便翻起了缕缕炊烟，灶台前，"吱吱啦啦"燃着松木醇香的火焰。火烧着，她又离开了灶台，她自顾自地行动着，丝毫没有顾忌到他的存在。

李朝生本该尴尬的，可他却一丝尴尬也没有。他步履蹒跚地跟着她，院子右侧的一丛青青麦芒里，影影绰绰地掩着她佝偻的身影。她的脖颈低垂，腰身已与大地成了一条平行线，几缕稀疏的银白薄发熨帖地伏在她的额前。

毫无缘由地，李朝生心底突生一股股惊恐、一阵阵急喘，他孱弱多年的心脏跳得汹涌澎湃，血管里四处奔流着一道道说不清、道不明的惶惶不安。他站在几根老竹前，抻直了脖子想要探清埋在麦苗里的那张老妪的脸，他难以自抑地脱口问道："你可认得东杨家庄的人？"

老妪弯曲的身子一点点浮出麦浪的水平线，麦芒在她混浊一片的眼神里生生地刺出了个洞，她额头的皱纹团在一起，惨白的眉毛斜喇喇地直指着天。她终于有了一丝生动的神采："那是俺以前的老家，你是认得谁？"

李朝生不敢作响，只听得见风吹树摇、竹声打叶。他的心脏此刻又一次被那归国的轮船轰隆隆地碾轧，一阵阵轰隆又轰隆。他冥冥之中在期盼着，可他哪敢期待自己的期盼。他只愿老天此时降下一道雷劈中他，让他敢相信命运里有奇迹。他不能开口，开口就可能丧失一切，可他只能开口，这一刹那就意味着永恒。"东杨家庄……"李朝生颤抖着干涸有裂纹的嘴，"东杨家庄，有个叫徐凤英的丫头，你可认得她？"

老妪慌忙站起来，匆匆走过麦子地，又迟迟地靠上前，她满脸迷惑地望着李朝生："俺就是徐凤英，你是谁？"

李朝生一个趔趄，倚着石墙竹影。风一来，院子里的麦浪汹涌，奔流成海，犹如神迹。

他突地咧开了嘴，蹲在地上，嗷嗷大哭，那年近七旬老翁的恸哭声可破天地，可倒江海，可叫神明。

"我是陈少民啊，徐凤英，我是少民啊，我的凤英……"

惊恐撕裂了徐凤英的眼，厌弃登上了徐凤英的眉，迟疑爬满了她整张脸，徐凤英退着脚步，又走上前。

她伸出一只手，摸了摸他的眉骨和鼻尖。

5

人到了一定的年纪，自然会信命。

任凭你年轻时如何腥风血雨，又是怎样潇洒通达，活着活着，你就不得不信命。陈麦五十岁了，她第一次见到了自己的爹——她知道，这就是命。

陈麦还相信奇迹，如今陈麦觉得，奇迹是老天藏在命运里的糖果。神仙老道在天上，看着地下这些匍匐前行的苦哈哈的苍生，觉得他们实在是太苦了，就算天地不仁，以万物为刍狗，但他们好歹也算是修行过的人，总该有点儿善心。于是他们随便商量商量，大手一挥，撒下了万千颗糖果，埋在每条命匍匐的路上。每个人的命里都有这么一颗糖果、这么一点儿奇迹，要是连这个都不信了，很多人就没有了活下去的理由、活下去的信念。

要不该怎么解释陈少民与徐凤英的再相逢呢？这一对年近七十的老人，自一九五〇年共同度过了三个月的少年恩爱时光后，等待他们的，是长达半个世纪的苦难与分离。多少人劝过徐凤英改嫁，她总是倔强地低着头，只是这一次被女儿意外安排的相见，却圆了她一生痴痴的等待。

陈少民与徐凤英重归于好，他去父母坟前磕了头，又到二哥陈少武的坟前敬了三杯酒。大哥陈少文，数年前已随儿子南迁去了广东惠州。

消息辗转通知到了陈少文，他连夜从惠州坐火车赶回故乡。火车站前，兄弟二人相隔数百米，陈少文劢声号啕，陈少民老泪四溅，两老叟紧紧相拥共泣，天地动容。

又四年，陈少民病逝，走完了他的一生。

街坊们都说，徐老太真的老糊涂了。清明节，女儿问她："要不要和我一起去给爹扫墓？"

九十二岁的徐老太说："你爹啊！你爹叫陈少民呀，他还么死呢，他还么回来。"

院子里的麦青滚滚，一只蛾子直愣愣地扑到她的眉前。

没有一株麦子不热爱春天。

终

END

谨以此书，

献给所有来过、爱过、活过的人。

图书在版编目（CIP）数据

生而为人 / 毕啸南著 . -- 长沙：湖南文艺出版社，2023.3
ISBN 978-7-5726-1033-2

Ⅰ.①生… Ⅱ.①毕… Ⅲ.①故事—作品集—中国—当代 Ⅳ.① I247.81

中国国家版本馆 CIP 数据核字（2023）第 019923 号

上架建议：畅销·小说

SHENG ER WEI REN
生而为人

著　　者：毕啸南
出 版 人：陈新文
责任编辑：欧阳臻莹
监　　制：毛闽峰
图书策划：史义伟
特约编辑：赵志华
营销编辑：杜　莎　刘　珣　焦亚楠
版式设计：胡靳一
插 画 师：吴雪莲
出　　版：湖南文艺出版社
　　　　　（长沙市雨花区东二环一段 508 号　邮编：410014）
网　　址：www.hnwy.net
印　　刷：北京中科印刷有限公司
经　　销：新华书店
开　　本：880 mm × 1230 mm　1/32
字　　数：153 千字
印　　张：8.25
版　　次：2023 年 3 月第 1 版
印　　次：2023 年 3 月第 1 次印刷
书　　号：ISBN 978-7-5726-1033-2
定　　价：49.80 元

若有质量问题，请致电质量监督电话：010-59096394
团购电话：010-59320018